사람들이 저보고 작가라네요

사람들이 저보고 작가라네요

2018년 6월 29일 1판 1쇄 인쇄
2018년 7월 13일 1판 1쇄 발행

지은이   박균호
펴낸이   한기호
편집   오효영 도은숙 유태선 김미향 염경원
경영지원   이재희
펴낸곳   북바이북
         출판등록 2009년 5월 12일 제313-2009-100호
         주소 121-839 서울시 마포구 서교동 484-1 삼성빌딩 A동 2층
         전화 02-336-5675 팩스 02-337-5347
         이메일 kpm@kpm21.co.kr
         홈페이지 www.kpm21.co.kr

ISBN 979-11-85400-79-2 03800

· 북바이북은 한국출판마케팅연구소의 임프린트입니다.
· 책값은 뒤표지에 있습니다.
· 이 도서의 국립중앙도서관 출판예정도서목록(CIP)은 서지정보유통지원시스템
  홈페이지(http://seoji.nl.go.kr)와 국가자료공동목록시스템(http://www.nl.go.kr/
  kolisnet)에서 이용하실 수 있습니다. (CIP제어번호 : CIP2018019001)

책바보 박 선생의 독서 글쓰기 비법

사람들이 저보고 작가라네요

박균호 지음

북바이북

서민

『서민적 글쓰기』 저자, 단국대 기생충학 교수

내가 책을 읽는 이유는 세 가지다. 첫째가 재미, 둘째가 유익한 정보, 셋째는 생각을 바꿔줄 깨달음을 얻기 위해서. 셋 중 가장 중시하는 덕목은 바로 '재미'다. 아무리 좋은 정보를 담고 있어도 재미가 없다면 도무지 진도가 나가지 않으니 말이다. 그런 면에서 박균호 작가를 알게 된 건 큰 수확이다. 박균호는 재미 면에서 검증된 저자다. 그가 이전에 낸 다섯 권의 책을 모두 읽은 것은 아니지만, 전작인 『독서만담』 한 권으로도 그는 책을 내면 꼭 사야 하는 작가가 됐다.

저자의 신작 『사람들이 저보고 작가라네요』 역시 그 기대치를 충족해준다. 독서와 글쓰기라는, 재미있게 쓰기 어려운 주제로도 유머 감각을 십분 발휘하는 걸 보면, 저자의 익살은 경지에 오른 듯하다. 책을 읽을 때 '쿠쿠다스'를 먹으면 안 된다, 차라리 '오징어땅콩'을 권한다는 말을 이 책이 아니면 어디서 듣겠는가.

그렇다고 저자가 무조건 웃기기만 하는 건 아닌지라, 동네 서

4

점의 좋은 점, 책 띠지 취급법, 헌책 팔기, 종이책 대 전자책 등 독서가에게 영원한 숙제라 할 사안들에 나름의 답안을 제시한다. 그 답안에는 저자가 고심한 흔적이 엿보여, 평소 책을 좋아하는 이들이라면 공감할 수밖에 없다. 가장 공감이 갔던 대목은 '책이 좋은 선물이 아닌 이유'였다. 책을 좋아하는 이에겐 책이 좋은 선물 같지만, 그게 꼭 그렇지 않다는 건 경험해본 사람이 안다. 저자는 그 이유를 아홉 가지로 정리해놨는데, 하나하나에 다 수긍이 간다. 특히 "넷째, 선물 받은 책의 난도가 너무 높다면 차마 타인에게 말 못 할 자괴감을 준다"는 대목이 그랬다. 어느 분이 내게 유명한 철학자가 쓴 '사랑'에 관한 책을 선물했다. 그때까지만 해도 난 선물 받은 책은 죄다 읽어야 한다는 신념을 갖고 있었기에 줄을 빡빡 쳐가면서 읽었는데, 줄을 친 이유는 그렇게 하지 않으면 어디까지 읽었는지 당최 알 수 없었기 때문이다.

'자신이 선물한 책이 라면 냄비 받침대로 사용되기도 한다'는 내용의 여섯째 이유에도 십분 공감이 간다. 이건 후반부에 나오는 '부모님 말고 자기 책을 공짜로 주지 마라'와도 연결되는데, 나 역시 한때 책을 낼 때마다 지인들에게 다 보내주던 시기가 있었기 때문에 공감이 갔다. 많은 시간과 우편료를 써가면서 그런 짓을 한 이유는 내 책을 받으면 그들이 기뻐할 것으로 생각했기 때문이다. 하지만 그건 착각이었다. "너무 유치하다"라는 솔직한 소감은 기분은 나쁠지언정 장차 내 양분이 되겠지만, 지인이 한 다음 말은 충격이었다. "앞부분만 조금 읽다 말았어. 그냥 네가 기생충을 참 사랑하는구나, 라는 생각이 들더라." 그가 말한 책은 『서민의 기생충 열전』(을유문화사, 2013)이었다. 그 이전에 난 다섯 권의 책을 말아먹었는데, 그 책들 모두 나올 때마다 그에게 전달한 터였다. 내가 자랑스러워하는, 훗날 17쇄를 찍은 그 책을 그렇게 대하는 사람이라면 이전 책들은 어떻게 봤을까 생각하니, 모멸감이 느껴졌다. 그 후부턴 특별한 사람이 아니면 책을 보내지 않는다. 진작 『사람들이 저보고 작가라네요』를 읽었다면 십수 년에 걸친 시행착오를 겪지 않아도 됐을 것이다.

책의 전반부가 독서에 관한 내용이라면, 후반부는 글쓰기에 대한 얘기다. 저자는 어떻게 하면 글을 쉽고 잘 쓸 수 있는지 얘기해주는데, 그중엔 '사람들은 당신의 인생 따위에 관심이 없다'처럼 단호한 충고도 있고, '글 쓴다고 절에 들어가면 망한다'처럼 실용적인 충고도 있다. 특히 새겨들어야 할 충고는 자기 책을 안 사주는 친구들과 친하게 지내지 말라는 대목이다. 허접할지언정 내가 쓴 책을 사주는 친구야말로 정말 좋은 친구가 아니겠는가. 또한 저자는 책 쓰는 것의 보람을 다음과 같이 설명한다. 책을 내면 '가오'도 잡을 수 있고, 저자 강연회에도 갈 수 있고, 방송도 탈 수 있다고 말이다. 여기에 한마디 덧붙이자면 강연회에 초청을 못 받아도, 방송에 못 나가도 가오를 잡을 수 있다. 책을 내면 그것만으로도 주요 포털 사이트에 자기 이름이 등재되는 데다, 명함 대신 자기 책을 주면서 '나 이런 사람이다'라고 과시할 수도 있다. 또한 세상 사람들을 저자와 비저자로 나누게 되는데, 전자의 비율이 압도적으로 적다는 걸 감안하면 자기 책이 있다는 것만으로도 특권 의식을 갖는 게 당연하지 않은가.

저자가 주는 글쓰기 팁 중 하나는 매력적인 서평을 쓰기 위해선 2할 정도 해당 책의 단점을 쓰라는 것. 그래서 이제부터 이 책의 단점을 쓴다. 저자의 전작 『독서만담』은 가족 내에서 겪는 일들을 '독서'라는 키워드와 결합해 재미있게 풀어낸 책이다. 누구나 겪는 일상을 어떻게 이런 재미있는 글로 승화할까? 고맙게도 박균호는 이번 책에서 그 비결을 공개하겠단다. 나 역시 웃기는 글이 삶의 목표여서 군침을 흘리며 다음 대목을 읽었다. "몇 날 며칠을 굶은 하이에나가 먹잇감을 노리듯 항상 일상에서 글감을 찾아내도록 세밀한 눈을 가져야 한다. 누구에게나 '재미있는 순간'은 찾아온다. 깨어 있는 눈을 가진 사람만이 아무것도 아닌 일상을 작품으로 만들어낸다." 세밀한 눈, 깨어 있는 눈이라니, 허탈하지 않은가? 아무래도 '너희는 해도 안 되니 그냥 내 책 읽어라'라고 말하는 듯하다. 그래서 말씀드린다. 박균호 작가님, 이거 너무하는 거 아닙니까? 같이 좀 웃깁시다.

"무슨 책을 이렇게 많이 냈어?"

어떤 사람은 나를 두고 이런 말을 할 수도 있겠다.

"와, 책을 여섯 권이나 내다니 정말 대단하세요."

이 말은 '전지적 지인 시점'에서나 할 수 있는 말이고 '전지적 초면 시점'으로 보면 전업 작가도 아니면서 여섯 번째 책을 내게 되었으니 쓸데없이 다작한다고 생각할 터이며, 이는 당연한 반응이라고 생각한다.

변명하자면 책을 내겠다고 아등바등 애를 쓰진 않았다. 직장인으로서 남달리 열심히 근무하지도 않았지만, 본업을 내팽개치고 글쓰기에만 몰두한 적도 없다. 그저 책을 사고, 읽고, 글을 쓰는 것 중에 즐겁지 않은 것이 없었다. 숨을 들이쉬면 내쉬는 것이 자연스럽듯 책을 사고 읽고 글을 쓰는 것이 내게는 그렇다. 여섯 번째로 책을 내게 된 배경이 이것이다.

특정한 목적을 두고 책을 읽지도 않았다. 독서를 숭고한 취미라고 생각하지도 않는다. 지하철에서 휴대전화를 들여다보는 사람보다 책을 읽는 사람이 드물기는 하지만 그렇다고 딱히 후자가 고상하다고 생각하지 않는다. 취미가 다를 뿐이지 둘 사이에 우열이 있을 리 없다. 나는 책을 읽고 글을 쓰는 것을 더 좋아할 뿐이다.

그렇기에 이 책을 통해 독자에게 '이제까지 없었던 새로운 통찰력'과 '어디에서도 얻을 수 없을 정보'를 드리겠다고 말할 수는 없다. 다만 책을 좋아하는, 글쓰기에 관심이 있는, 나아가 책을 펴내고 싶은 이들과 함께 내가 경험했던 즐거운 에피소드와 유용하고도 무용한 정보를 나누고 싶다.

책과 관련해 대체 무슨 나눌 것이 있느냐고 생각하는 이들도 있을 것이다. 그냥 읽으면 되지 않느냐고 말이다. 뜻밖에도 책을 사고, 읽는 일은 마치 인생 첫 차를 살 때만큼의 고민을 요할 때가 많다. 차를 어디서 사야 할까, 어떤 차를 사야 할까, 옵션은 넣어야 할까 빼야 할까 고민하듯 책을 살 때도 어디서 사야 할지, 어떤 책을 골라야 할지, 띠지를 버려야 할지 말아야 할지 등으로 고민한다. 이 책 1장부터 3장까지에 이러한 고민과 이런 고민들을 둘러싸고 생겼던 즐거운 일상의 순간을 담았다.

책을 사고, 읽으면 무언가를 쓰고 싶은 욕망을 느끼게 된다. 하다못해 한 줄 서평이라도 쓰게 된다. 신기하게도 이런 사사로운 글이라도 지속적으로 쓰다 보면 일상에 작은 변화가 생긴다. 특히 나와 같은 생활밀착형 작가는 분명 일상에 대단히 충실한 삶을 살고 있는데도 미세한 변화를 맞는다. 과거에는 그냥 흘려보냈던 일상을 자연스럽게 관찰하고 기록하는 습관이 그것이다. 4장은 바로 그러한 변화의 찰나들을 모았다. 친구와, 가족과, 동료와 함께하는 순간에도 마치 내 분신처럼 함께 호흡하는 독서와 글쓰기, 그 이야기를 책을 사랑하는 이들에게 들려주며 즐겁게 웃어보고 싶다.

3장
이렇게 쓴다

4장
사람들이 저보고 작가라네요

1장

책 띠지 버릴까, 말까?

책을 굳이 사아 할까?

구정 연휴가 다가올 때면 직장에서는 늘 책상 배치를 새로 한다. 그동안 대책 없이 책상 위에 쌓아둔 두툼한 책들을 정리하기로 했다. 정리라고 해봐야 별게 없다. 도서관에 기증하거나 버릴 책을 제외한 나머지를 집의 서재로 옮기는 방법뿐이다. 직장에 두기엔 너무 번잡스러워서 집으로 옮겨야 할 책이 공교롭게도 모두 두툼했다.

퇴근길에 바리바리 챙겨서 집으로 향했다. 집의 서재도 사정이 복잡하기는 마찬가지였다. 꽂을 공간이 전혀 없어서 이젠 방바닥을 잠식하는 중이니 이사 갈 집을 마련하지 못하고 거리에 내몰린 세입자 신세와 비슷했다. 난관은 또 있었다. 벽돌처럼 두껍고 비싼 한 더미의 책을 보고 아내는 또 뭐라고 타박할 건가?

아내와 책

곰곰이 궁리를 해봐도 뾰족한 방법이 떠오르지 않았다. 연휴가 시작되는 날이라 아내가 나를 두고 혼자서 외출할 확률은 거의 없었다. 말하자면 아내 몰래 밀수꾼처럼 책들을 집 안에 들여놓기가 힘들다는 뜻이었다. 서너 권 정도라면 가방이 배불뚝이가 되더라도 쑤셔 넣고 집에 들어가보겠는데 두툼한 열댓 권의 책은 그런 방법을 사용하기가 불가했다.

자동차 뒷좌석의 책 더미를 보다가 막막하여 그냥 가방만 챙겨서 집으로 들어갔다. 옷을 갈아입으려는데 옷장에 웬 낯선 옷이 떡하니 걸려 있었다. 순간 움찔했으나 어제 아내와 딸아이가 대구를 다녀왔다는 사실을 생각해냈다. 그러니까 나 몰래 내 설빔을 장만해서 이른바 '서프라이즈'를 해준 셈이었다.

옷을 갈아입고 서재로 들어가자 왠지 모를 깔끔한 기운이 느껴졌다. 얼핏 보기엔 별다른 차이가 없는 것 같지만 어쨌든 깨끗해지고 정돈된 느낌이 들었다. 아니나 다를까 내가 없는 사이에 서재를 청소한 모양이었다. 내가 주로 앉는, 어제까지 난장판이었던 책상의 한편이 깔끔히 정돈되어 있는 걸 보니 청소를 한 것이 확실해졌다. 철없이 비싼 책을 마구 사들이고, 아내 몰래 집 안에 들여놓을 궁리를 한 나로서는 머쓱해지는 게 당연했다. 나는 아내가 없는 사이에 그간 저질러놓은 업보를 몰래 들여놓을 생각을 했는데 아내는 내가 없는 사이에 남편의 설빔을 사고, 서재를 깔끔히 정리한 것이다. 처음 하는 생각도 아니지만 나란 인간이 참 구차스러웠다.

결심했다. 당장 차에 가서 책을 안고 집에 들어와 아내에게 들킨 다음 추상같은 꾸중을 듣기로 했다. 나올 때 보니 아내는 주방에서 장바구니를 펼치는 중이었고, 딸아이는 거실에서 TV를 보고 있었다. 서재로 들어가자면 주방과 거실을 지나쳐야 하고, 그들은 뒤뚱거리며 책을 안고 가는 내 모습을 자연히 주시할 것이며, 생각 없이 마구잡이로 책을 산 잘못에 대해 질책을 받아야 했다. 아니 받고 싶었다.

잠시 뒤 간신히 책을 흘리지 않고 집 안에 들어갔는데 어째 휑한 느낌이 들었다. 주방에도 거실에도 사람이 없었다. 그사이를 참지 못하고 딸아이는 제 방으로 복귀했고, 아내는 화장실에라도 갔는지 행방이 묘연했다. 팔이 빠질 것 같은 책의 무게에도 나는 한참이나 그렇게 이러지도 저러지도 못 하고 황망히 서 있었다.

책을 산다는 것의 의미

가정 경제에도 영향을 줄 만큼 책을 사들이고, 집에서 가장 큰 공간인 안방을 점유하면서까지 책을 꽂아놓고, 덕분에 아내와 딸아이의 눈치까지 봐가면서 대체 왜 나는 책을 사들이는가? 읽고 싶은 책은 도서관에서 빌려 읽거나, 정 갖고 싶은 책은 생일 선물로 지인들에게 요청해도 되지 않을까? 책을 읽고 싶다 해서 꼭 이렇게까지 사들여야 할까? 더욱이 우리 집에서 5분 거리에는 웬만한 책은 빌릴 수 있는 웅장한 도서관이 있는데 말이다.

나는 빌려서 책을 읽지 못한다. 거의 강박에 가깝다. 시간을 정해두지 않고 아무 때나 먹고 싶을 때 먹는 간식이 맛나듯이 기간을 정해두고 반납을 해야 하는 압박감으로는 책을 읽지 못하는 사람이 나다. 억지 같지만, 독서가 주는 최대한의 즐거움을 누리기 위해서 나는 '굳이' 책을 사서 읽는다.

좋아하는 책을 소유한다는 즐거움도 내가 책을 사서 읽는 이유다. 평소 아끼던 책의 개정판이 나오면 기어이 사고야 마는 행위는 소유의 즐거움이 아니고서는 설명되지 않는다. 내 서재에 있는 오래된 책을 바라볼 때마다 그 책을 읽을 당시의 추억이 되살아난다. 오래된 책에서 발견한 대학 시절의 메모를 보고 왈칵 울음이 날 때도 있다. 책을 소장하지 않고서는 누릴 수 없는 축복의 순간들이다.

단순히 한번 읽고 지나칠 책도 있지만, 서재에 오래 두고 필요할 때마다 펼쳐서 자료를 찾는 책도 있는 법이다. 한밤중에 글을 쓰거나 궁금한 것이 생겼을 때, 서재에 묵혀두었던 옛 책에서 자료를 찾고 궁금증을 해소하는 혜택은 오로지 책을 사서 소장하는 자의 몫이다.

당장 읽지 않을 책이라도 사두는 사람이 즐길 수 있는 책 놀이가 있다. 사서 읽은 책은 똑바로 세워두고 읽지 않은 책은 거꾸로 세워둔다. 거꾸로 세워둔 책을 야금야금 읽고 똑바로 세우기 시작하면 본인의 독서량을 확인할 수 있고 묘한 자부심도 든다. 사람의 성취 욕구를 이용한 재미나고 좋은 독서법이다. 내 경우에도 읽지 않은 책은 다른 책장에 따로 둔다. 일부로 잘 보이지 않게 보관하는 편이다. 읽을 책을 고르기 위해서 안 읽은 책을 모아두는 책장을 뒤적거리다 보면 마치 서점에 온 느낌이 든다. '아, 내가 이런 책도 샀었구나'라는 감탄도 하게 되고, 풍겨오는 새 책 냄새에 상쾌한 느낌에 빠지기도 한다.

도서관에서 책을 빌려서 읽더라도, 읽고 나서 마음에 들면 새 책으로 산다. 좋은 책은 몇 번이고 읽고 싶고, 곁에 두고 싶은 것이 책을 좋아하는 사람의 공통된 심정 아닐까. 도서관을 잘 활용하는 방법의 하나라고 생각한다.

책은 어디서 사는 게
좋을까?

서점은 죽었다? 아주 케케묵은 말이지만 마음의 양식을 쌓는 행위가 독서라고 하는데 그렇다면 오늘날 순수하게 서점이라고 할 만한 장소는 없다. 온라인 서점뿐만 아니라 전통적인 서점, 다시 말해서 오프라인 서점이라고 하는 곳도 오로지 독서를 위한 책을 많이 파는 곳은 드물다. 온·오프라인 서점에 가보라. 문구, 팬시 용품, 선물 용품, 심지어 음식점이 매출의 상당 부분을 차지한다. 서점이라기보다는 그냥 생활문화 공간이라 불러도 크게 거짓은 아니다.

그렇다고 동네 서점이라고 다른가? 동네 서점은 오히려 더 심각하다. 동네 서점 서고의 70~80퍼센트는 학습서, 참고서가 자리 잡는다. 조금 과장하면 독서용 단행본은 그냥 구색용에 지나지 않는다. 아무리 독서의 정의를 폭넓게 잡는다 하더라도 수능 문제집을 독서 대상으로 여기지는 못한다. 내가 보기에 소수의 헌책방이 그나마 우리가 생각하는 서점의 정의에 가까운 가게 형태다. 정말 순수하게 독서용 책만 파는 서점은 부활할 수 있을까?

대형 서점 vs 동네 서점

대형 서점과 동네 서점의 비교가 무의미해지는 요즘이다. 동네 서점이 거의 문을 닫고 있고 대형 서점만이 그나마 온라인 서점의 대항마로 살아남았다. 대형 서점의 가장 큰 장점은 서점 경영자에게는 미안한 말이지만 주인 눈치를 안 보고 마음껏 책을 구경할 수 있다는 데 있다. 가끔 그 호사를 남용해서 통로에 죽치고 앉아서 다른 사람의 통행에 불편을 주는 사람이 있다. 눈살을 찌푸리게 하는 행동이다. 그 밖에 대형 서점에는 많은 장서가 비치되어 있어서 도서관 못지않게 다양한 책을 마음껏 고를 수 있다. 카페와 음반 매장 등 다른 문화 시설까지 갖춘 곳이 많아서 여러모로 장점이 많다. 전공 서적같이 동네 서점에서 구매하기 힘든 책도 거의 다 비치되어 있으니 시간이 생명이고 오로지 효율성을 최고 가치로 두는 독자에게는 헛걸음할 일이 비교적 적어서 여러 방면에서 편리하다.

　그러나 크지도 않고, 어떤 의미에서 편리하지도 않고, 가격이 저렴하지도 않은 동네 서점도 대형 서점에는 없는 장점이 분명 있다. 동네 서점의 가장 큰 장점은 편리한 접근성이다. 아무 때라도 편하게 자식들의 손을 잡고 편한 차림으로 들를 수 있는 곳이 동네 서점이다. 물론 대형 서점이 갖춘 장서 수를 동네 서점은 도저히 따라가지 못한다. 그러나 장서가 너무 많아도 대체 어떤 책을 골라야 할지 더러 암담해지기도 한다. 자식들과 오손도손 책을 고르기에는 사람들이 많아 북적거리고 계산대에서 줄을 서야 하는 대형 서점보다는 동네 서점이 더 적합하다.

자신이 원하는 책이 동네 서점에 없다면 주인에게 주문하면 간단히 해결된다. 책이 입고되면 서점에 다시 가야 하니 또 한 번 책을 만나는 기회가 생기지 않겠는가. 잠재적인 독서의 기회 측면에서도 동네 서점의 유익함은 크다. 더불어, 동네 서점은 주인과 인간적인 유대 관계를 자연스럽게 맺게 되어 독서 생활이 더욱 풍족해진다. 서점 주인이 타주는 커피 한 잔과 함께 좋은 책을 추천받기도 하고 책과 관련된 구수한 담소도 나눌 수 있는 곳이 동네 서점이다.

온라인 서점 vs 오프라인 서점

온라인 서점의 최대 장점은 편리함과 저렴한 가격을 든다. 더구나 요즘처럼 복잡하고 시간에 쫓겨 사는 시대에는 일부러 시간을 내서 서점에 들를 필요 없이 책상에서 몇 번의 클릭만으로 책이 배달되는 온라인 서점의 장점이 더욱 빛을 발한다. 오프라인 서점에 비해서 가격이 저렴하다는 장점은 주요 독서 연령대가 지갑이 얇은 젊은 층이라는 점을 감안하면 굉장히 큰 무기다. 그러나 온라인 서점이 무작정 좋은 면만 있지는 않다.

일단 책의 실물을 보지 못할 뿐만 아니라 책의 내용을 대충이라도 살펴보기 힘드니까 막상 배송되어 왔는데 기대나 취향에 맞지 않을 가능성이 있다. 가끔 상상하지 못했던 크기의 책이 오는 황당한 경우도 많다. 아무래도 사진만으로는 책의 크기를 짐작하기 힘들기 때문이다. 물론 굳이 알려고 하면 책 이미지 하단에 있는 서지 정보를 확인해 정확한 크기를 가늠할 수도 있지만 온라인으로 책을 주문하면서 책의 크기까지 체크하는 꼼꼼한 독자는 그리 많지 않다. 온라인 서점은 주로 택배를 통해서 배송이 이루어지기 때문에 책이 일부 손상되거나 파손되기도 한다. 그러면 다시 택배를 이용해서 반송을 해야 하는 불편함이 생긴다. 이런 번거로움이 못내 귀찮은 나 같은 독자는 큰 파손이 아니면 그냥 사용하는 편이다.

내가 온라인 서점을 사용하면서 감동했던 경험은 강운구 선생의 자필 서명본 『우연 또는 필연』(열화당, 2008)을 구매할 때였다. 배송되어 온 책에 흠집이 약간 있었는데 사진집의 특성상 상태가 매우 중요했다. 더욱이 자필 서명본이어서 상당한 고가의 책이었기 때문에 반품을 신청했다. 그런데 이틀 후 담당 직원에게 연락이 왔다. 반품되어 온 『우연 또는 필연』의 상태를 확인했고 새로 입고되는 같은 책의 상태를 주의 깊게 '주시'한 결과 재입고본도 상태가 그다지 마음에 들지 않으니 조금만 더 기다려주면 최상의 상태를 가진 도서로 보내주겠다는 거였다. 일개 독자를 위해서 입고되는 책의 상태를 주시하는 수고와 반품된 책의 상태와 새로 입고되는 책의 상태를 고려하여 제일 좋은 상태의 책을 보내주겠다는 사려 깊은 친절을 온라인 서점에서 경험했다는 사실이 신기했고 고마웠다.

오프라인 서점에서 책을 구매하면 직접 만지고 눈으로 확인하니 우선 책의 상태를 걱정할 필요는 없다. 또 서점을 한 바퀴 돌고 나면 출판계 트렌드를 쉽게 간파하게 된다. 온라인 서점의 홈페이지보다는 훨씬 더 많은 책을 구경하고 살펴보게 되니 얻게 되는 정보의 양만 따지자면 오프라인 서점이 훨씬 우세하다. 발품을 들인 보람이 있는 셈이다. 다만 가격이 상대적으로 더 나가고 서점을 직접 방문해야 하는 불편함이 있다. 그러나 책을 구경하면서 한적한 시간을 보내고, 더 많은 종류의 책을 마음껏 구경하고, 실제로 만져보며 책의 내용을 훑어볼 수 있다는 점은 더 비싼 가격을 충분히 상쇄하고도 남는다. 새 책 냄새를 맡고, 종이를 직접 넘겨보는 재미도 무시하지 못한다. 자신이 사려는 책이 아니더라도 많은 책을 뒤적거리고 그 책에 대한 구매 여부를 결정하는 특권도 오프라인 서점이 더 많다. 게다 혼잡한 도심에서 서점만큼 편안하게 시간을 보낼 만한 장소도 드물다.

오프라인 서점이 지닌 이 같은 장점들 중 가장 큰 매력은 다른 점에서 찾을 수 있다. 온라인 서점에서는 '우연한 발견'의 행운을 오프라인 서점에서보다 누리기 어렵다는 것. 주요 온라인 서점에서는 '미리 보기'라는 기능을 제공하기는 하지만 그것만으로는 아무래도 책 내용을 훑어보기 어렵고 한 시야에 많은 책이 들어오지도 않기 때문이다. 그러나 오프라인 서점에서는 이리저리 책 구경을 하다가 별생각 없이 집어 든 책이 보물인 경우가 종종 있다. 인간의 원초적인 욕구인 '채집'과 '사냥'의 즐거움은 오프라인이 아니고서는 맛보기 힘들다. 공부를 하거나 추천을 받아서 알게 되는 좋은 책도 물론 독서가에게는 기쁨이 되지만 우연히 발견하는 좋은 책은 훨씬 더 큰 즐거움을 선사한다.

동네 서점에서 책을
산다는 것

지난겨울, 출판 건으로 약속이 있어서 서울에 갔는데 한 시간 일찍 도착했다. 딱히 혼자서 할 일이 없어서 고민하고 있던 차에 미용실이 보였다. 그러지 않아도 커트를 하지 않은 지 석 달은 족히 되어서 노숙인과 다름없는 헤어스타일을 자랑하고 있었다. 무엇보다 한 시간이라면 미용실을 다녀오기에 적당한 여유였다. 눈에 띈 미용실 외관은 거창하지도 초라하지도 않아서 마음에 들었다.

냉큼 문을 열고 들어갔다. 동네 미용실치고는 넓고 쾌적했는데 내가 그간 다녔던 시골 미용실보다는 확실히 시스템이 잘 갖추어진 곳이었다. 외투를 건네니 작은 캐비닛에 넣은 후 열쇠를 주었다. 소파에 그냥 두거나 구석 자리 옷걸이에 대충 걸어두는 김천의 우리 동네 미용실을 떠올리자니 뭔가 융숭한 대우를 받는 느낌이 들었다.

28

시골 작가가 서울 미용실에 갔을 때 생기는 일

담당 미용사는 따뜻한 미소로 나를 맞아주었다. 나는 미용실에 갈 때면 이제껏 그랬듯 "적당하게 하면 되죠?"라고 말했다. 그러면 또 이제껏 그랬듯 대략 10분 만에 머리가 완성될 줄 알았다. 착각이었다. 이 서울 미용사는 마치 고급 자동차 옵션을 고르는 기분이 들 정도로 많은 질문을 내게 던졌다. 초가집을 짓는 데 일류 건축가가 동원된 느낌이었다.

커트를 하기도 전에 이것저것 머리 모양에 대한 나의 철학과 방침을 확인하고 자기 의견을 개진하는 과정을 거치면서 고마운 마음보단 대체 내 지갑에서 돈을 얼마나 빼 가려 이러는지 걱정이 앞섰다.

살포시 미소를 지으면서 "그런데 남자 머리 하는데 엄청 꼼꼼하게 물으십니다"라고 말했고 그 미용사분이 '돈 없으니까 대충 잘라주세요'라는 내 속마음을 알아차리길 바라고 또 바랐다. 실망스럽게도 내 의중을 전혀 파악하지 못했는지 "당연한 거 아니에요? 우리 가게 오는 손님은 다들 꼼꼼하게 해드립니다. 커트하는 데 최소 30분은 걸려요"라고 대답했다. 난감해졌다. 우리 동네 미용사는 10분이면 끝낼 일을 30분씩이나 걸려 한다니, 서울에 남자 머리 커트 요금이 8만 원인 무시무시한 곳이 있다던데 이곳이 그곳인가?

어쩔 수 없는 노릇이었다. 내 머리는 이미 미용사 수중에 들어가 있었다. 30분이라면 약속 시간에 늦지 않을 테니 체념하고 그냥 따르기로 했다.

워낙 촌구석에서 방치된 머리여서인지 손봐야 할 곳이 한두 군데가 아닌 모양이었다. 개보수 차원이 아니라 시공을 하고 있었다. 우리의 미용사는 비루한 내 머리를 자세히 관찰하고 '솔루션'을 찾아내려 애썼다. 감동은 감동이었다. 지금껏 살면서 내 머리 모양에 대해서 이토록 고민해준 사람은 없었다.

나는 시골 우리 동네에 있는 미용실의 요금보다 두 배를 청구하더라도 기꺼이 지갑을 열 준비가 되어 있었다. 미용계 거장과 나는 머리 관리 방법, 내 머리카락의 특징 등에 대해 30분이 넘는 동안 깊은 대화를 나누었고 머리를 다듬어갔다. 그 와중에 헤어드라이어를 사용하는 요령을 비롯한 실전 팁을 아낌없이 내게 전수해주었고 나는 머릿속으로 꾸준히 메모했다.

그 미용사가 끼친 가장 큰 영향은 내가 쉰이 다 되도록 고집하고 있는 좌발 우향 가르마를 타파하고 우발 좌향 스타일로 변모시켰다는 것이다. 가르마 방향만 바꾸었을 뿐인데 희한하게도 머리카락이 훨씬 풍성해진 듯했고, 세 살 정도는 어려 보이는 놀라운 효과를 발휘했다. 참으로 전문가의 손길은 무서웠다.

드디어 머리를 감을 차례가 왔다. 미용사 양반은 이번에도 매우 친절하고 자상하게 나의 머리를 감겨주었다. 어찌나 손님을 극진히 모시는지 머리를 다 감겨준 뒤에도 이런 말을 했다.

"손님, 고개를 조금만 더 위로 올려주시면 제가 더 시원하게 감겨드릴 수 있었을 텐데 아쉬웠어요."

아니 대체 내가 뭐라고 머리를 좀 더 위로 올리라는 말을 하기가 조심스러워서 못 했다는 말인가. 우리 동네 미용사는 마치 소를 강제로 끌고 가 냇가에서 물을 먹이듯 내 머리를 끌고 원하는 위치로 이동시키곤 했는데 말이다!

감동은 마지막까지 이어졌다. 서비스로 헤어드라이를 해주겠단다. 숙련된 전문가가 보여주는 헤어드라이어의 효능은 놀라운 것이어서 단 5분간의 손길로 내 키가 5센티는 자란 듯 보이게 만들어주었다.

황송한 마음으로 계산을 할 때 미용사는 혹시 내가 헛걸음을 할까 쉬는 요일까지 알려주며 자신의 명함을 건네주었다. 계산대까지 따라와 나를 배웅하는 미용사에게 나는 태어나서 처음으로 팁을 주었고 주인 양반에게는 커트 비용 15,000원을 결제하도록 카드를 내밀었다.

동네 미용실과 동네 서점의 상관관계

이 미용실에서 느낀 친절이나 따뜻함을 동네 서점에서도 느낄 수 있다. 조그마한 친절에도 감동을 잘하는 나는 편리한 대형 서점보다는 동네 서점을 좋아한다. 내 인생에서 가장 행복했던 순간 중 하나는 딸아이와 손을 잡고 동네 서점에 갔을 때였다. 나는 서점 사장님과 차를 마시고 딸아이는 서점을 이리저리 돌아다니면서 책을 구경했다. 지갑을 챙기지 않아도 걱정할 필요가 없었다. 다음에 서점에 올 때 주겠다고 하면 그만이었다. 집에서 클릭을 몇 번만 해도 다음 날 책이 우리 집으로 오지만 동네 서점에 전화를 걸어서 주문하기를 좋아한다. 서점 직원들이 보내주는 따뜻한 미소를 만날 수 있고, 딸아이와 서점에 가는 즐거운 시간도 누릴 수 있다. 책을 좋아해서 책에 대해서 이런저런 대화를 주고받을 수 있는 서점 주인은 옛 친구만큼이나 소중하다.

서점 주인이 진열한 책을 둘러보면 과연 책을 많이 읽었다는 것을 느낄 때가 많다. 마치 계절에 따라서 먹고 싶은 음식이 따로 있듯이 때마다 독자들이 궁금해할 만한 책을 진열해둔 서점을 만나면 기쁘고 또 기쁘다. 마치 서울 미용실의 미용사가 머리 관리를 어떻게 해야 하는지 알려주는 동시에 헤어드라이어로 머리 모양을 보기 좋게 만들어주었듯, 서점 주인의 안목이 반영된 책의 진열은 '당신 요새 이런 책이 읽고 싶었지?'라고 말하는 듯하다.

동네 서점에서 책을 산다는 것, 그것은 결국 독자를 생각하는 서점 관계자와 독자 자신이 이룬 소통을 구매하는 것과 같다. 이런 소통을 통해 손 안에 들어온 책에는 인쇄된 내용 외에도 고유한 이야기가 추가되는 것이다. 내가 서울 미용실의 그 미용사를 지금까지 기억하듯이 말이다.

"

서재 꾸미기

책을 지속적으로 사면 쌓이게 마련이고, 쌓이면 정리를 하게 되고, 그러다 보면 자연스럽게 서재의 필요성을 느끼게 된다. 혼자 산다면 자기 집 어디를 서재로 정할지 결정하기 쉽겠지만 가족과 함께 산다면 타협의 시간이 필요하다. 과연 서재라는 별도의 공간이 필요하냐 아니냐부터 시작해, 안방으로 할 것인가 작은 방으로 할 것인가 거실로 할 것인가까지 조율해야 할 점이 많다. 이렇게 어렵사리 서재를 확보한 다음에도 서재를 꾸미기란 생각보다 어렵다. 여기 그 노하우를 공개한다.

서재 꾸미기 개론

서재는 사색과 휴식의 장소다. 잘 계획되어야 하고, 어느 정도의 규칙이 필요하다. 계획 없이 아무렇게나 책만 잔뜩 쌓아놓으면 '책 창고'이지 '서재'가 아니다. 정원을 관리하듯이 서재도 물을 뿌리고, 불필요한 가지는 잘라내고, 거름을 줘야 한다. 서재를 방문한 사람이 "이 책을 다 읽으셨어요?"라는 질문을 했을 때, 미국의 성직자 토머스 웬트워스 허친슨은 이렇게 대답했다. "당신은 도구 상자에 있는 도구들을 다 쓰시오?" 서재는 말하자면 우리가 무슨 일을 할 때 필요한 도구들이 담겨 있는 도구 상자다. 도구 상자는 항상 정돈을 하고 점검을 하며 필요한 도구는 보강을 하고, 사용 빈도가 현격히 낮은 도구는 추려내야 한다. 그래야 무슨 일을 할 때 효율적으로 그 도구들을 이용해 원하는 목표를 달성한다.

장서 수가 많더라도 항상 자신이 필요한 책은 금방 찾아야 서재이지 책장에 꽂혀 있는 책인 줄도 모르고 책을 새로 산다면 그 사람의 서재는 그냥 '창고'에 지나지 않는다. 심지어 필요한 물건들이 보관된 창고가 아닌 재활용품이나 고물이 방치되어 있는 창고다. 소수의 소장용 책을 제외하면 다시 읽어볼 일이 없는 책을 서재에 둘 이유가 없다. 그래서 서재에는 '활동 중(active)'인 책들만 자리 잡아야 한다.

서재를 꾸밀 때는 항상 자신만의 장서 수를 정해야 한다. 서재의 라인업을 200권으로 설정하기도 하고 장차 1,000권으로 확대하기도 한다. 라인업 수가 200권이든 1,000권이든 새로운 멤버가 들어오면 기존의 한 멤버는 퇴출되어야 한다. 그래서 항상 새로운 멤버를 영입할 때는 심사숙고를 해야 한다. 서재의 회원 수(권수)를 확실히 정하는 일은 독서의 질을 향상시키고 책 보는 안목을 높이는 좋은 방법이다.

　책 보는 안목은 정보와 출판물이 차고 넘치는 요즘에 특히 중요한 덕목이다. 과거에는 작은 배를 만들 때 두 가지 방법을 썼다. 작은 나무 조각을 모아서 골조를 세워 만드는 카약과 통나무를 파내고 파내서 카누만 남기는 방법이다. 불과 몇십 년 전만 해도 정보도 부족하고 책이 귀한 시대였던 터라 우리는 어찌 됐든 주위에 있는 책을 모조리 읽고 읽어서 자신의 지적 욕구를 충족하고 지식인으로서의 기틀을 세워나갔다. 말하자면 과거엔 대부분이 카약형 독서가였는데 최근에는 상황이 많이 달라졌다. 정보도 넘치고 출판물도 홍수를 이룬다. 이제는 우리를 포위하는 주위 책들을 엄선하고 솎아내며 파내서 꼭 필요한 책만 남겨야 하는 카누형 독서가가 될 운명임을 받아들여야 한다. 카누형 독서가는 책을 모으는 일에 골몰하기보다는 책을 추려내고 파내는 일에 주력해야 한다. 자신에게 필요 없는 책을 정리하는 일에 응당 주력해야 한다. 자기 서재의 장서 수를 제한하고 줄여나가는 행위를 하고 있다면 곧 책 보는 안목이 그만큼 자랐다는 반증이고, 독서가로서 정보를 필터링해야 하는 현대 교양인으로서 기본 자질을 갖추었다고 보아도 좋다.

서재로 쓸 공간을 고려해서 장서 수를 정하고 나면 서재를 자신의 사색과 지적 활동 심지어 좋은 휴식처로 사용하기 위한 '도구 상자'로 만들어야 한다. 서재를 꾸밀 때 가장 투자를 많이 하고 고민을 깊이 해야 하는 부분은 책장이다. 서재가 도구 상자의 기능을 제대로 하기 위해서는 디자인보다는 튼튼함이 책장의 가장 큰 미덕이다. 가능한 가장 두껍고 가장 튼튼한 소재로 책장을 마련해야 한다. 합판 소재의 책장은 겉보기에 두꺼워도 책을 많이 꽂으면 휜다. 그래서 몇 년을 주기로 반대 방향으로 합판을 뒤집어주어야 하는 불편함을 감수해야 한다.

그다음으로 중요한 아이템은 물론 책상이다. 책상이나 의자 그리고 소파가 너무 안락하면 졸음이 몰려오기 쉬우니 의자나 소파는 다소 딱딱한 소재가 좋다. 그중 의자는 바퀴가 달려 있지 않아서 한번 앉으면 좀 더 오래 앉게 되는 의자가 좋다. 바퀴가 달린 의자는 아무래도 자세가 흐트러지기 쉽다. 의자와 소파의 소재에 관해서는 다소 선택이 필요하다. 학문 연구를 목적으로 하는 '전투형' 독자에게는 항상 바른 자세를 유지하도록 도와주는 딱딱한 소재가 좋겠고, 책을 읽으면서 잠들어도 상관없는 '레저형' 독자에게는 푹신하고 안락한 소파가 좋겠다.

서재의 습도와 조명 관리도 중요하다. 책의 가장 큰 적은 습기와 직사광선이다. 책장 여러 곳에 습기 제거제를 두어야 하며, 서

재는 되도록 직사광선이 미치지 않는 공간이어야 좋다. 직사광선은 책을 변색시키고 상하게 한다. 햇볕만 잘 피해주어도 책 관리의 반 이상은 제대로 하고 있는 셈이다.

서재용 장식품으론 무엇이 좋을까?

책을 사랑하는 사람에게 서재는 자기 신체의 일부다. 뉴스에 등장하는 많은 유명 인사가 왜 거의 자신의 책장이나 서재를 배경으로 인터뷰하는지 생각해보라. 서재와 책장이야말로 자신을 대표하는 아이콘이다. 여기서 자신이 정말 열렬한 독서가인지 아닌지 판가름할 만한 방법이 있다. 만약 각종 언론 매체에서 책장이나 서재를 배경으로 인터뷰하는 사람을 볼 때 당사자보다는 뒤에 있는 서재와 책장을 더 유심히 본다면 분명 열혈 독서가라고 자부해도 좋다.

열혈 독서가라면 서재 장식품에도 신경 써야 한다. 서재를 자기가 좋아하는 소품으로 장식하면 더욱더 자주 그곳을 애용하게 된다. 장식품을 고를 때에는 무조건 비싸고 예쁜 아이템이 아니라 추억이 담겨 있거나 좋아하는 물건을 기준으로 삼아야 한다. 내 경우에는 야구를 좋아해서 야구 피규어를 서재에 가장 많이 둔다. 스포츠, 뮤지션, 영화 캐릭터 등 다양한 종류의 피규어는 서재 장식품으로 제격이다. 피규어는 서재 책꽂이에 두기에 적당한 크기가 많아서 금상첨화인데 의외로 비싼 가격이 흠이다. 만약 서재 장식품으로 스포츠 피규어를 염두에 둔다면 두 가지를 추천한다. 미국의 맥팔레인과 댄버리민트가 유명하다. 맥팔레인은 가격이 좀 더 저렴하지만 소재가 플라스틱이라는 아쉬움이 있고, 댄버리민트는 클레이 소재에 받침대가 목재라서 고급스러운 데다 서재와 잘 어울리는 분위기를 자랑하지만 비싼 게 단점이다.

그 밖에 지구본, 접시 시계, 부메랑, 나무 소재 테니스 라켓, 액자에 든 사진이나 그림, 음반, 작은 화분 등도 서재에 두기 좋다. 기왕에 장소가 장소이니만큼 구하기만 한다면 유명 작가의 두상 모형도 매우 좋다. '도스또예프스끼'를 좋아하는 나는 그 양반의 피규어를 두 종류 가지고 있는데 그중 하나에 풀리지 않는 미스터리가 있다. 새끼손가락 길이의 그 피규어는 머리와 몸체가 분리된다. 그런데 머리를 들면 머리가 차지하고 있던 빈 공간 안에 '도끼' 물체가 발견된다. '도스또예프스끼'를 국내 일부 독자들이 '도끼'라는 애칭으로 부르지 않는가. 외국 회사가 이 사실을 알고 우리나라 독자를 위해 피규어 안에 도끼를 깜짝 선물로 넣어둘 리는 없을 텐데 이 물건의 정체가 무엇인지 아직까지도 궁금하다.

장식품이라고 하기에는 무리가 있지만 수납용 상자도 서재에 꼭 필요하다. 책장에 전원 어댑터, 동전 등의 잡동사니가 널브러져 있으면 책을 넣고 빼내기가 불편하기 때문에 이런 잡동사니를 수납할 상자가 있으면 아주 유용하다.

서재 책장은 어떻게 정리할까?

책을 크기와 모양별로 같이 둘 필요는 없다. 그렇게 정리하면 통일성과 나름 일목요연한 느낌을 주지만 책은 역시 들쭉날쭉하게 꽂혀 있어야 지겹지 않고 더 운치가 난다. 원하는 책을 금방 찾을 수만 있다면 가지런해 보이는 편보다는 불규칙해 보이는 편이 낫다.

다소 공간 낭비 같겠지만 책꽂이 군데군데에 빈칸을 두자. 몇몇 빈칸을 둠으로써 서재가 한결 넓고 여유 있어 보인다. 독서가에게 서재는 책을 읽는 공간일 뿐만 아니라 휴식 공간이기도 하다. 서재에서 여유와 편안함이 느껴져야 주인이 그곳을 방문할 때 더욱 위안을 느끼지 않겠는가. 더욱이 적정한 빈칸은 책장에 가해지는 과도한 무게 압박을 줄여준다. 아예 빈칸으로 두기가 아깝다면 자신이 가장 아끼는 소품을 배치하라. 그러면 그 소품이 서재에서 가장 주목받는 아이템이 된다.

하드커버와 소프트커버는 꽂는 방법과 위치가 달라야 한다. 하드커버 도서는 일반적으로 무겁기 때문에 책장에 부담을 덜 주려면 책장 아랫부분에 두어야 한다. 애서가들은 종종 하드커버 도서를 세로로 세워두면 내지가 밑으로 떨어진다는 걱정을 하기도 하는데 사실 책은 원래 세로로 세워두게끔 만들어지고, 세로로 꽂았다 해서 내지가 밑으로 떨어지는 하드커버 도서를 나는 아직 보지 못했다. 그러나 하드커버 도서를 가로로 눕혀서 보관하는 것도 좋은 아이디어이기는 하다. 기본적으로 서재의 책은 안정감을 우선으로 해 배치하되, 때로 특정 칸에 가로로 눕혀 배치하는 등의 변화를 주면 공간에 리듬감이 생겨 질리지 않는다. 자연히 서재에 오래 머무르는 효과를 낳는다.

서재라는 도구 상자를 좀 더 효율적으로 사용하기 위해서 자신만의 분류 카드를 만들어보자. 물론 자신의 서재이니 모든 책의 위치를 대략으로나마 파악한다. 그러나 각 장르별로 구역을 정해두면 필요 시 재빠르게 각 책들을 호출할 수 있다. 마음속으로 구역을 정하기보다는 눈에 보이게 분류 카드를 각 책장에 붙여둔다면 서재에 있는 모든 책을 수족처럼 마음껏 사용하고, 어떤 새 식구를 들여야 하고 내보내야 할지 쉽게 파악하게 된다.

책은 좋은 선물이 아니다

책을 좋아하는 사람들은 큰 착각을 한다. 주변 사람들도 책을 좋아한다고 말이다. 불행은 여기에서 시작된다. 일단 책은 크리스마스 선물로 가장 싫어하는 순위를 매긴다면 '클래식 음반' 다음 자리를 차지한다. 물론 넥타이를 100만 개쯤 가지고 있는 아버지에게는 넥타이보다는 좋은 선물이겠지만 대체로는 책 선물을 반기지 않는다.

사람들은 다음 세 경우에만 책 선물을 좋아한다. 첫째 로버트 사부다의 팝업 북을 선물하는 경우, 둘째 자녀를 위한 참고서를 사야 하는데 비싸서 망설이고 있는 학부모에게 참고서를 선물하는 경우(그 학생의 교과서와 같은 출판사의 참고서를 골라야 한다), 마지막으로 서재를 방문한 책 애호가 친구나 지인에게 서재의 책 중에서 아무거나 골라서 가져가라고 하는 경우다. 마지막 경우는 책 수집가로서는 도저히 수용하지 못하는 최악의 상황이다. 진정한 책 수집가라면 그럴 일을 만들 리가 없다. 서재를 개방하고, 마음대로 책을 가져가라고 하는 행위는 평소 집 안에 쌓인 책 때문에 스트레스를 받아온 그 수집가의 가족이나 하는 일이다. 타의로는 가능하겠으나 자의로는 도저히 상상하지 못하는 상황이 바로 세 번째다. 독서가나 책 수집가가 절대로 피해야 할 일은 사람들 앞에서 자신의 도서 목록을 자랑하는 것이다. 자랑거리를 감추는 겸손의 미덕은 책 수집가라면 특히 마음에 새겨야 할 덕목이다.

자 그렇다면 대체 책 애호가가 타인에게 책을 선물해서는 안되는 이유는 무엇일까?

그 책 읽었냐? 어때?

첫째, 책을 싫어하는 사람에게 책은 환영해야 할 이유가 없는 뭇 사물 중 하나이고, 설령 운 좋게 책을 좋아하는 사람에게 선물해도 다른 문제가 발생한다. 책을 좋아할수록 취향이 매우 확실하기 때문이다. 책에 대한 취향이란 게 이 세상에 존재하는 구름 모양만큼은 아니겠지만, 세밀하고도 다양해서 상대를 만족시킬 만한 책을 선물하기는 생각보다 어렵다. 설령 평소 내가 잘 알고 지내는 친구이고, 분명 그 친구가 모 작가를 좋아했다 하더라도 내가 선물한 그 책만은 싫어할 가능성도 있다.

둘째, 선물한 책을 이미 그 사람이 읽었을 가능성도 있다. 상황이 이렇게 되면 선물 받은 사람의 처지도 딱해진다. 상대의 성의를 무시하고 나는 이미 읽었고 심지어 책장에 엄연히 꽂혀 있는 책이라는 말을 할 만큼 솔직한 사람이 몇이나 될까? 라디오 한 프로그램에서 들은 이야기다. 어떤 유명 인사는 『칼의 노래』를 무려 다섯 권이나 가지고 있단다. 물론 모두 선물 받은 책이다.

셋째, 책 선물은 받는 사람에게 큰 부담을 준다. 독서라는 행위가 자기가 좋아서 하는 적극적인 취미 활동인데 선물 받은 책은 반드시 읽어야 한다는 부담을 준다. 졸지에 선물이 아닌 숙제를 받은 격이 된다. 더욱이 책을 좋아하는 사람들은 공감을 중시한 나머지 자기가 느낀 감동을 공유하고자 얼마 안 지나 반드시 소감을 묻는 버릇이 있다. 책 선물을 받은 사람 입장에서는 읽자니 손이 안 가고, 안 읽자니 선물한 사람이 당장에라도 전화로 "그 책 읽었냐? 어때?"라고 확인할까 봐 초조해진다.

지금 내 수준을 시험하는 거야?

넷째, 선물 받은 책의 난도가 너무 높다면 차마 타인에게 말 못할 자괴감을 준다. 책을 선물한 사람은 자신이 그 정도 책은 충분히 읽을 능력이 있다고 판단해서 선물했는데 막상 당사자가 어렵게 생각하면 자신의 유식하지 못함을 자책한다.

다섯째, 책 선물을 받으면 '너 책 좀 보고 공부 좀 하라'는 잔소리 같은 느낌을 준다. 주는 사람의 마음을 선의로 받아들이면 다행이겠지만 간혹 내가 그렇게 책을 안 읽고, 무식한 사람으로 보이나 싶어 불쾌해하는 경우를 봤다. 졸지에 상대를 책 좀 읽고 공부 좀 해야 하는 지성이 부족한 사람으로 보았다는 오해를 살 수도 있는 선물이 책이다.

여섯째, 자신이 선물한 책이 '라면 냄비 받침대'로 사용되기도 한다. 책을 선물한 친구의 집을 우연히 방문했는데 서재에 있어야 할 책이 거실 테이블 위나 식탁 위에 덩그러니 놓여 있다면 의심이 든다. 물론 소파에 앉아서 책을 읽었고, 밥을 먹으면서 그 책을 봤을 가능성도 배제하지 못하므로 섣부른 판단은 금물이다. 하지만 간식으로 라면을 준비해주는 친구가 자연스럽게 당신이 선물한 책을 받침대로 사용한다면 현행범을 목격하게 되는 셈이다. 당연히 유쾌할 리가 없다. 많은 사람이 책을 라면 냄비 받침대로 애용하지만 자신이 선물한 책이 그 용도로 이용된다면 이야기는 달라진다. 더욱이 친구가 라면 냄비 받침대로 사용하고 있는 그 책이 자신이 선물한 물건이라는 사실과 원래는 '책'이라는 생각을 까마득하게 잊고 있다면 속상한 마음을 어찌 금할 수 있겠는가.

일곱째, 불필요한 오해를 살 수도 있는 것이 책 선물이다. 가령 미혼의 젊은 여성이 미혼 남성에게 정신분석 전문의 김혜남이 지은 『나는 정말 너를 사랑하는 걸까?』(갤리온, 2007)라는 책을 선물한다면 남자는 보통 상대가 혹시 자기를 남몰래 좋아하다 책으로 고백하는 걸까라고 생각하기도 한다. 착각하는 남자는 그렇다 쳐도 좋은 일을 하고 괜한 오해를 사는 여성은 무슨 죄인가. 또 가능성이 낮은 일이기는 하지만 독실한 기독교 신자에게 『나는 왜 기독교인이 아닌가』(사회평론, 2005)를 선물한다면 상대방이 언짢게 생각할 수도 있지 않겠는가.

설마 내가 선물한 책을 처분하는 건가?

여덟째, 책 선물은 간혹 심한 배신감을 준다. 최근 들어 나눔 문화가 확산되면서 자신이 읽은 책을 나누는 사람이 많다. 보통 온라인 독서 커뮤니티를 중심으로 책을 나누는데, 간혹 당황스러운 경우를 겪는다. 예를 들어, 며칠 전 내가 나눔을 한 책이 다른 곳도 아닌 그 커뮤니티 장터에 올라오기도 한다. 물론 책에 자기 이름을 쓰지는 않았지만 책을 팔겠다고 글을 올린 사람의 아이디와 불과 얼마 전 자신으로부터 책을 받았던 아이디가 동일하다면 내가 나눈 책을 다시 장터에 팔았다고 확신할 만하다. 나눔도 일종의 선물을 주는 행위이기에 다른 사람의 선심을 악용하는 사람을 만나면 불쾌할뿐더러 계속 책을 나누어야 할지 심각한 고민을 하게 된다. 그러나 구더기가 무서워서 장 못 담근다면 말이 안 된다. 개인적인 관계에서의 책 선물은 조심해야겠지만 나눔 운동은 확산되고 활발하게 계속되어야 한다.

아홉째, 장서를 많이 보유하면 항상 책을 둘 장소를 찾느라 혈안이 된다. 영구적인 해결책으로 개인 도서관을 별도로 마련해야 하는데 이런 여건을 갖춘 독서가가 몇 명이나 될까. 끝내 이루지 못할 개인 도서관의 꿈을 포기하는 대신 호시탐탐 어떤 책을 내쳐야 할지를 고민하게 된다. 이런 상황에서 자신이 절실히 필요로 하는 책도 아닌 선물 받은 책이 반가울 리 없다. 읽지도 않고 좋아하지도 않는 책을 보관하기란 꽤나 힘겨운 일이다.

책이 좋은 선물이 되는 방법이 아주 없지는 않다. 책이 오히려 감동적인 선물이 되는 경우는 선물하는 책에 자신과 얽힌 스토리를 들려주는 방법이다. 가령 "내가 어떤 일로 참 힘든 시기에 이 책을 읽고 큰 용기를 얻었어"라든가 "나는 이 책을 읽고 이런 이유로 내 인생이 바뀌게 되었어"와 같은 스토리는 그 책을 특별하고 소중한 선물로 만든다. 개인의 사연이 곁들여진 책은 주는 사람이나 받는 사람 모두에게 소중해지고 남다른 추억을 만들어준다.

" 좋은 책을 고르는 9가지 방법

서재를 정리하다 보면 '내가 대체 이 책을 왜 산 거지?'라는 생각이 드는 책만큼 성가신 존재도 드물다. 그래서 집 안을 정리할 때 퇴출 일순위로는 주로 그런 책들이 물망에 오른다. 부지런하고 알뜰한 사람은 헌책방에 내다 팔기도 하지만 헌책이 어디 팔아서 돈이 되는 물건이어야 그런 수고를 감수하지 않겠는가. 나는 헌책을 공공 도서관에 기증하거나 재활용품으로 버리는 쪽이다.

일주일에 수백 권의 신간 도서가 쏟아지는데 아무리 열독가라도 읽어봐야 얼마나 읽을 수 있겠는가. 책값도 만만치 않거니와 80년 남짓한 인간 수명을 고려할 때 독서 자체도 중요하지만 되도록 좋은 책을 고르는 안목이 굉장히 중요하다.

물론 책을 사는 사람이라면 누구나 좋은 책을 고르기 위해 고민한다. 서점에 가서 "요새 어떤 책이 잘 나가나요?"라고 주인에게 묻거나 베스트셀러 코너를 눈여겨보는 것도 좋은 책을 고르기 위한 노력의 일환이다. 다만 그러한 노력이 더욱 만족할 만한 결과로 이어지도록 '좋은 책 고르는 방법'을 소개한다. 이 방법은 내 체험을 바탕으로 했기에 절대적인 것은 아니니 자신의 상황에 맞추어 유연하게 적용하길 바란다.

스테디셀러와 고전을 가까이할 것

우선 베스트셀러보다는 스테디셀러 코너를 유심히 살펴봐야 한다. 베스트셀러도 좋은 책이 많다. 그러나 아무래도 스테디셀러에 비해서는 '검증'이 덜 된 책일 확률이 높다. 실제로 세월이 지나서 버려야 할 책을 추려낼 때 가장 흔히 보이는 책들이 한때 베스트셀러였던 경우가 많다. 스테디셀러는 꽤 오랫동안 독자들의 사랑을 받아왔기에 베스트셀러보다는 좀 더 오래 두고 읽을 가치가 있을 확률이 높다. 화려한 반짝 스타보다는 조용하지만 꾸준한 강자를 선택하는 편이 좀 더 낫다는 말이다. 물론 베스트셀러도 옥석을 잘 고르면 좋은 선택이 될 수 있다.

둘째, 고전을 무서워하지 말아야 한다. 안전성을 고려하면 고전만큼 좋은 선택도 드물다. 길게는 1,000년이 넘도록 독자의 사랑을 받아온 목록이니 당연하다. 고전이 걱정만큼 어렵고 지루한 책만은 아니다. 도스토옙스키의 『죄와 벌』이라든지 에밀리 브론테의 『폭풍의 언덕』, 박지원의 『양반전』 따위는 일단 읽기 시작하면 무서운 몰입감이 발휘되는 '재미있는' 책들이다. 고전 중 많은 책이 당대에는 대중적인 베스트셀러였다는 사실을 상기해야 한다. 많은 사람이 '내 인생의 소설'이라고 엄지 척 치켜드는 허먼 멜빌의 『모비 딕』 같은 소설은 난해하다고 느끼는 독자도 있겠지만 하루에 몇 페이지를 읽어서 완독하는 데 몇 달이 걸리더라도 요즘 유행하는 책 열댓 권을 읽는 것보다 낫다. 흔히 명품이라고 하면 기능이나 디자인이 일반 제품과 큰 차이가 없는데도 몇십 갑절 비싸지만 고전은 유행하는 책에 비해 뛰어난 내용을 담고 있는데도 그리 비싸지 않다. 얼마나 매력적인가.

출판사와 뛰어난 번역가를 알아둘 것

셋째, 모든 분야를 종합 발행하는 출판사도 있지만, 비교적 일정 분야를 전문으로 펴내는 출판사도 많다. 조금만 관심을 기울여 살펴보면 어느 출판사는 국내 문학을, 어느 출판사는 해외 문학, 그중에서도 러시아 문학을, 또 어느 출판사는 인문서와 과학서를 주력해 출간한다. 또 모 출판사는 다양한 주제와 형식의 에세이를 꾸준히 출간하고, 어떤 출판사는 글쓰기 및 독서와 관련된 책을 꾸준히 펴내고, 낭만적인 모 출판사는 고전 철학과 고전 문학에 집중하기도 한다. 책 좀 읽는다 하는 사람들이 러시아 문학

하면 어디, 국내 문학 하면 어디, 교양과학서 하면 어디, SF 하면 어디, 어린이 책 하면 어디라고 꼽는 출판사들이 대개 그런 곳이다. 나는 모 출판사의 책은 무조건 사고 있으며, 타인에게도 무작정 사야 한다고 말할 만큼 신뢰한다.

번역서를 고를 때는 번역가를 눈여겨보는 편이 좋다. 각 외국어별로 많은 독자에게 인정받는 번역가가 있다. 프랑스 문학이라면 김화영 교수가 되겠고, 고대 그리스 고전이라면 선택할 여지 없이 천병희 교수다. 이런 실력 있는 번역가들은 대개 위에서 말한 일정 분야에 특화된 출판사와 일하는 경우가 많다.

번역서를 고를 때 기준이 될 만한 또 하나는 완역본인지 축약본인지 확인해야 한다는 점이다. 축약본인데도 독자가 보기에 알 수 없는 경우도 있다. 따라서 번역서를 살 때는 다른 출판사에서 나온 책과 비교해 분량이 턱없이 적다면 축약본으로 의심할 만하다. 직역인지 중역인지도 살펴야 한다. 열린책들 출판사에서 나온 도스토옙스키 문학 전집의 번역이 유명한 까닭은 우리나라 최초의 직역본이기 때문이다. 러시아어를 우리말로 옮겼다는 것, 당연한 이야기 같지만 열린책들에서 이 시리즈가 나오기 전까지는 영역본이나 일역본을 다시 우리말로 옮긴 중역본밖에 없었다. 당연히 번역에 오류가 많을 수밖에 없었다.

또한 번역본을 고를 때는 되도록 최신 판이면 좋겠다. 오래된 번역은 아무래도 오류나 시대착오적 어휘가 많을 가능성이 높으므로 최근에 번역된 판본이 더 좋은 선택이 될 확률이 높다. 새로운 시대에는 새로운 번역이 필요하다.

책도 쇼핑의 대상임을 기억할 것

넷째, 책도 충동구매 대상이 되기 쉬운 품목이라는 사실을 잊어서는 안 된다. 다른 취미에 비해서 상대적으로 저렴한 비용이 드는 취미가 독서여서인지 의외로 충동적으로 책을 구매하는 이들이 많다. 책을 살 때도 한 발짝만 뒤로 물러서서 다시 생각해보는 지혜가 필요하다. 꼭 사고 싶은 책이더라도 온라인 쇼핑몰 장바구니에 담아놓았다가 한 달 뒤 다시 그 책을 보면 구매욕이 사라져 있을지도 모른다.

다섯째, 일단 신중하게 생각해서 꼭 필요하고 두고두고 읽을 책이라는 판단이 서면 미리 사두는 것도 나쁘지 않다. 우리나라 출판계는 절판이 잦아서 나중에 생각나 구매하려고 하면 절판본이 되어 사지 못할 수도 있다. 좋은 책을 곁에 두면 언젠가는 읽게 된다는 격언은 틀리지 않다.

여섯째, 의외로 많은 사람이 '제목'에 끌려 책을 사는 경우가 많은데 주의해야 한다. 나만 해도 그렇다. 한번은 야구 팬답게

『우아하고 감상적인 일본 야구』(다카하시 겐이치로, 웅진지식하우스, 2017)라는 소설을 무심결에 『삼미 슈퍼스타즈의 마지막 팬클럽』(박민규, 한겨레출판, 2003)과 같은 재미난 소설인 줄 알고 샀는데 적잖이 실망했다. 물론 20세기 일본의 포스트모더니즘을 대표하는 소설이긴 하지만 애초에 기대했던 내용은 아니었다. 또 일반적으로 자기 계발 서적에 독자의 이목을 끄는 '요상한' 제목이 많은데 내용을 먼저 요모조모 따져보는 편이 좋겠다. 화려한 미사여구나 수식어가 포함된 제목의 책은 피하는 것이 좋다. 우리가 사랑하는 명작들의 제목을 살펴보자. 『태백산맥』『토지』 『죄와 벌』『부활』 등 제목에 기교를 부린 흔적이 전혀 없다.

유연하고도 깊이 있는 독서가가 될 것

일곱째, 종이 신문이나 서평 잡지를 구독해야 한다. 요즘 시대에 종이 신문을 볼 시간이 어디 있느냐고 반문할 수도 있겠지만 여전히 종이 신문은 좋은 책을 소개받는 가장 편리한 매체다. 물론 인터넷에서도 서평 기사를 검색해서 읽을 수 있지만 일삼아 찾는 것과 펼치면 자연스럽게 보이는 경우는 굉장히 큰 차이가 있다. 종이 신문의 서평 기사를 읽다 보면 절로 독서 트렌드와 좋은 책을 고르는 눈이 길러진다. 종이 신문이나 서평 잡지를 읽지 않고 책을 고르는 것은 마치 나침반 없이 항해를 하는 것과 마찬가지다. 주목할 만한 서평 잡지로는 『기획회의』 『Chaeg(책)』 『비블리아』가 있다.

여덟째, 온라인이든 오프라인이든 독서 모임에 참가해보자. 때로는 전문가나 대단한 독서 고수보다는 평범한 동료 독서가에게 추천받는 책이 눈높이에도 맞고 유익하다. 아무리 좋은 내용이라도 이해하기 어렵다든지, 관심 분야가 전혀 아닌 책은 읽기에 부담스럽다. 또 독서 모임을 통해서 같은 책이 다른 사람에게는 어떻게 읽히는지 확인하는 일은 독서의 즐거움을 배가한다.

아홉째, 만화나 자기 계발서라고 무작정 무시해서는 곤란하다. 만화는 텍스트로 된 매체보다 훨씬 이해하기 쉽고 장점이 많다. 나만 해도 조선 시대에 대해 궁금한 점이 생기거나 의문이 생길 때 제일 먼저 펼쳐보는 책이 『박시백의 조선왕조실록』(휴머니스트, 2015)이고 『파우스트』 같은 난해한 고전의 워밍업으로 『만화로 읽는 불멸의 고전 시리즈』(문학동네, 2012)를 들춰 본다. 소장 가치가 낮다고 여겨지는 자기 계발서 분야에서도 분명 양서가 있다. 『카네기 인생론』 같은 책은 꼭 한번 읽어볼 만하다.

책 표지를 고찰하다

이제껏 책을 살 때 표지를 중요하게 생각하지 않았다. 내용을 염두에 두고 사지, 겉포장은 신경 쓰지 않는다. 필요하지 않은 책을 표지가 예쁘다는 이유로 사서 이미 복잡한 서재를 더 혼잡하게 만들지 않는다. 반대로 꼭 필요한 책은 표지가 1950년대 국정 교과서와 비슷해도 산다. 표지가 미적으로 뛰어난가 아닌가는 책을 사고 나서야 드는 생각이다. 즉, 표지 디자인이 독자가 책을 선택하는 데 결정적인 영향을 준다고는 생각하지 않는다. 그러면 출판사는 표지 디자인을 아무렇게나 만들어도 상관이 없을까? 그건 아니다.

아름다운 책 표지는 언제 힘을 발휘하는가

책을 읽고 좋았는데 표지마저 멋지면 더할 나위 없이 기쁘다. 그 책을 바라볼 때마다 흐뭇하다. 판매와 연관 지어서 생각해보면,

책 정보가 전혀 없는 상태에서 아름답고 눈에 띄는 표지에는 고객들이 한 번이라도 더 눈길을 주지만 아예 독자들의 접근을 원천 차단하는 '미의 테러리스트' 같은 표지도 있다. 아름다운 표지는 출판사에서 이 책에 신경을 많이 써서 만들었다는 인상을 주고, 좋아하는 책의 표지가 심미적이면 흐뭇한 마음이 더욱 커지는 건 당연하다.

표지만 보고 책을 사는 독자는 적다. 다만 표지의 완성도에 따라 독자가 그 책을 살지 말지를 고려하는 기회는 더 자주 얻는다. 결국, 표지 디자인은 '은근히' 책 구매에 영향을 주는 셈이다. 그렇다. 나는 어디까지나 '은근히'라고 생각했다.

어느 날 오후, 표지는 독서 생활에서 '마이너' 분야라고 생각한 내가 틀렸다는 사실을 알게 되었다. 표지를 책 구매에 가장 중요한 요소로 여기는 사람들은 표지를 책의 내용을 시각적으로 구현하는 일종의 예술로 보았다. 실제로 표지의 완성도는 무의식중에 책에 대한 인상을 결정하고 있었다.

거실 소파에서 아내는 좋아하는 국카스텐 노래에 심취해 있었고 나는 『비블리아 고서당 사건 수첩』을 쓴 미카미 엔과 서재가 무너질 정도로 책을 많이 소장하는 구라타 히데유키가 공저한 『독서광의 모험은 끝나지 않아!』(북스피어, 2017)를 읽고 있었다. 좀 더 집중해서 읽으려고 책을 들고 서재에 들어가려던 찰나,

아내가 "앗, 잠깐만" 하고 나를 불러 세우더니 책 제목을 물었다. 제목을 확인한 아내는 금세 실망했다.

내가 보기엔 그리 아름다운 표지는 아니었으나 아내가 보기엔 꽤나 심미적이었고 그래서 재미있어 보였던 모양이다. 서재로 들어가면서 내심 감탄했다. '잘 만든 표지는 이런 효과가 있구나.'

출판계가 판매 불황으로 고전하는 시대에 독자들이 한 번이라도 더 눈길을 준다면 출판사는 응당 아름답고 눈에 띄는 표지 디자인이 나오도록 신경 쓸 필요가 있다.

디자인은 물론 카피 문구에도 신경을 써 책 내용에 대한 궁금증을 유발하는 것도 기본으로 갖추어야 할 부분이다. 그런데 욕심을 부려 표지 카피가 스포일러가 돼버리면 독자의 혐오 대상이기 십상이다. 가령 추리 소설인데 표지에 범인 그림을 그려놓은 예도 있고, 반전 소설인데 "역사상 최고의 반전"이라는 카피를 쓴 경우도 있다. 그 밖에 책을 살 때 표지를 신경 쓰지 않는 나도 절대로 사지 않는 책은 영화 포스터를 그대로 옮긴 경우다. 급하게 성의 없이 만든 듯한 인상 때문이다.

책등 디자인은 왜 중요한가

내가 표지에서 그나마 신경을 쓴다면 앞표지나 뒤표지보다는 책등 디자인이다. 나란히 꽂혔을 때 보기에 좋았으면 해서다. 서재에 있다 보면 무의식중에 책등 디자인을 눈여겨보게 된다. 대부분의 책은 책등만 보이도록 꽂혀 보관되지 않는가. 앞표지를 주의 깊게 보는 것은 책을 읽을 때뿐이고 주로는 책등을 더 많이 본다. 책을 읽는 시간은 잠깐이고 보관하는 시간은 길디길다.

물론 책등 디자인이 좋다고 무작정 사는 것은 아니다. 책등이 책 제목과 저자 이름만 적혀 있는 무성의한 부분 같지만 얼마나 완성도 높은 표지인가는 책등만 보아도 알 수 있다. 가령 나는 가장 수려하고 뛰어난 책등 디자인으로 한 문학 전문 출판사에서 출간하는 전집을 든다. 이 문학 전집은 표지마다 한 편의 회화를 감상하는 착각이 들 만큼 미술적이다. 이런 전집의 책들은 대개 책등 디자인도 수려해서 나란히 꽂아두고 책등을 조르륵 훑어보면 입꼬리가 절로 올라간다. 또 다른 모 출판사의 책들은 마치 원목으로 만든 듯한 느낌을 주어 중후하고 고급스러운 디자인을 선호하는 독자에게 제격이다. 세계 문학 전집으로 유명한 한 출판사의 전집은 앞표지보다 책등 디자인이 더 보기 좋은 유일한 사례다. 너무 요란하지도 점잖지도 않아서 모든 세대가 가리지 않고 좋아할 만하다. 한국 문학을 꾸준히 출간하는 모 출판사의 전집도 표지의 중요성을 알려준다. 이 전집의 표지가 좋아서 다른 출판사의 것 대신 이 출판사의 전집을 택하는 독자가 많다.

반면 어떤 출판사의 전집의 책등은 과연 디자인이랄 게 있나 싶을 만큼 단순함 그 자체를 자랑한다. 흰색 바탕에 검은색 글자만 인쇄되어 있어서 심심해 보이지만 그래서 눈에 띈다.

"형식이 뭐가 중요해 내용이 중요하지"라는 말은 많은 상황, 많은 분야에서 옳다 여겨졌다. 하지만 음식의 맛과 메뉴 선택을 좌우하는 중요 요소 중 하나가 식재료의 색깔과 플레이팅이듯 아무리 좋은 내용도 무성의한 북 디자인에 담는다면 더 많은 독자를 만날 기회를 잃는 셈이 된다. 더욱이 시대가 변했다. 웬만한 정보와 주장은 인터넷을 통하면 접하거나 얻을 수 있지 않은가. 같은 내용이라도 그 내용을 돋보이게 해주는 디자인에 담아내야 한다. 내용과 형식의 조화를 이루어야 하는 창작물이 바로 책인 셈이다.

"

책 띠지, 버릴까 말까
나만 고민할까?

버릴 것인가, 말 것인가?

독서가들이 띠지를 두고 하는 영원한 고민거리다. 다른 나라 출판계 사정은 어떤지 모르겠는데 우리나라 대부분의 독자에게 띠지는 애물단지다. 왜 군이 띠지를 만들어서 버릴지 말지 고민을 하게 만들까. 그냥 두자니 책을 읽을 때도 불편하고 오래 두면 띠지를 경계로 표지 색깔이 달라진다. 버리자니 돈을 주고 산 상품의 원형이 손상되는 것 같아서 찜찜하다.

소수의 독자가 책을 읽을 때는 띠지를 벗겨놓았다가 다 읽으면 다시 씌운다. 띠지에 적힌 홍보 문구가 재미있으면 따로 보관한다는 사람도 있고 책을 읽을 때 띠지가 구겨질까 노심초사하다 읽고 나면 모두 파일에 별도 소장하는 독자도 있다. 띠지를 보관하는 독자는 대체로 띠지를 책이라는 완성품의 부속품으로 생각하거나 띠지 자체가 책 디자인에 도움이 된다고 판단한다.

나는 띠지 보관형 독자는 아니다. 오히려 책을 살 때 띠지가 있으면 잠시 멈칫한다. 아니 이 책에도 띠지가 있다니! 대관절, 띠지를 왜 만들어서 나를 곤궁에 빠뜨리는가! 즉 나에게 띠지는 미운 오리 새끼다. 일부 독자 사이에서 "띠지를 만든 자 지옥에나 떨어져라"라는 악담이 돈다고 하는데, 나는 그 심정을 십분 이해하는 쪽이다. 미운 강아지가 우쭐거리면서 똥을 싼다고 심지어 띠지에 손을 베이는 사람도 많다.

물론 띠지가 있다 해서 사려던 책을 포기하는 일은 드물지만 역시 애물단지가 아닐 수 없다. 그래서 실용파가 되기로 했다. 띠지가 있는 책을 사면 띠지를 즉시 벗겨서 책갈피로 사용한다. 책을 다 읽으면 버린다. 가끔 띠지가 원형을 잘 유지하고 있거나 표지 디자인의 일부로 띠지가 있는 경우는 다시 씌우기도 한다. 나보다 좀 더 부지런한 사람은 띠지를 몇 조각으로 잘라서 편지 모양처럼 접은 다음 책갈피로 만든다. 미적 가치를 우선으로 하는 독자는 아름다운 띠지는 보관하고 그렇지 않은 띠지는 가차 없이 버린다고 한다.

책 띠지는 왜 만들어졌을까?

국내 1세대 북 디자이너인 정병규에 따르면 띠지가 처음 시작된 곳은 프랑스라고 한다. 출간된 책이 공쿠르상이나 노벨상을 받으면 띠지를 따로 만들어서 상을 받았다는 내용을 홍보했다는 것이다. 띠지를 처음 만들기는 했지만, 요즘 서양 책에는 띠지를 거의 발견할 수 없다. 일본과 우리나라에서만 여전히 띠지를 자주 사용한다.

띠지를 여간해서 제작하지 않는 요즘 서양 출판계의 생각은 이렇다. 공을 들여서 표지 디자인을 멋지게 했는데 괜히 띠지를 씌워서 디자인을 망칠 필요가 있냐는 것이다. 휴대전화를 개발하는 엔지니어가 단 1밀리미터라도 얇게 만들기 위해서 수많은 밤을 새운 노력에 대한 존경심으로 두툼한 보호 케이스를 사용하지 않는다는 생각과 비슷하다. 그래서 그런지 초판이나 저자 서명본에 대한 가치를 높이 사는 서양 헌책 시장에서도 띠지가 있다 해서 더 높은 가격을 매기는 경우는 못 봤다.

이제는 원조도 취급하지 않는 띠지를 우리나라 출판계가 포기하지 못하는 이유는 무엇일까? 이 질문에 대한 답을 찾다 보면 열악한 국내 출판계의 속사정이 드러난다. 내가 추측한 이유는 이렇다. 아마도 책을 내도 별다른 홍보 수단도, 독서 인구도 부족한 사정 때문에 그나마 띠지라도 씌우면 독자들이 한 번이라도 눈길을 더 주지 않겠느냐는 생각과 바람. 띠지에는 보통 수상 내용이나 판매 부수 그리고 그 책을 홍보하는 강렬한 문구 등이 들어간다.

따지고 보면 출판사 입장에서도 띠지를 씌우면 불리한 면이 있다. 서점에서 책을 사는 독자들은 띠지가 조금이라도 손상되면 파손된 책이라 생각하고 사지 않는다. 당연히 출판사로 반품될 터이고 바쁜 출판사 관계자들은 일삼아 띠지를 새로 씌워야 한다. 그런 수고를 감수하고서라도 책을 홍보할 수단이 부족한 출판사는 띠지를 포기하지 못한다. 신문이나 잡지의 신간 소개란은 갈수록 줄어들고 마케팅을 하려고 해도 영세한 대부분의 출판사 입장에서는 달리 엄두를 못 낸다. 이런 사정을 알고 나면 띠지를 마냥 미워할 수는 없다. 서점을 둘러보다가 예쁜 띠지를 발견하면 "나 사주세요"라고 외치는 것 같아 마음 한편이 무거워진다.

지성적인 띠지를 기대하며

독일에 있는 한 서점은 좀 색다르게 띠지를 만든다. 출판사가 띠지를 만들지 않고 서점 직원이 만든다. 직원들이 먼저 책을 읽어보고 그 책에 대한 평이나 추천하는 이유를 띠지에 적는 방식이

다. 띠지에 빼곡하게 추천 평을 적는 예도 있고 "이 책을 페미니스트에게 권합니다"라는 식으로 간단하게 적기도 한다. 모든 띠지에 작성한 직원의 이름을 적는다. 띠지에 적힌 추천 평을 읽고 더 궁금한 것이 있으면 그 직원에게 질문하게 하는 방식이다. 지성적인, 지극히 지성적인 띠지 제작, 관리 방식이다. 이런 띠지라면 그야말로 소장 가치가 넘친다.

띠지에 관해서 마지막으로 하고 싶은 말은 다 읽은 책을 중고로 팔 생각이 있는 사람은 띠지를 잘 보관해야 한다. 중고 책을 사놓고선 띠지가 없다고 반품하는 사람도 있다.

책 훔치기의 기술

보통 책은 사거나 선물 받거나 도서관에서 빌려 읽는 물건이라고 생각하겠지만 혹자에겐 '작업'의 대상이 되기도 한다. 작업이란 바로 '훔치기'다. 외부의 것을 내 소유로 만든다는 측면에서는 구매와 맥락을 같이하기는 하는데, 과연 옛말처럼 책 도둑은 도둑이 아닐까?

책 훔치는 의적의 등장

문학 작품 속에서 책 도둑을 가장 실감 나고 재미나게 그린 것은 아마도 고종석 선생이 쓴 『기자들』일 것이다. 소설 속에 나오는 화자는 선량한 동포 소비자를 착취해서 폭리를 취하는 문화 산업의 종사자(서점 주인)를 응징하기 위해서 책 도둑질을 시작한다. 본인이 사려고 했던 포켓 판 프랑스어-독일어 사전과 프랑스어-이탈리아어 사전이 턱없이 비싼 것에 대한 분노 때문에 스스로 의적이 되었다.

나는 『통사구조론』을 빼어들고 페이지를 뒤척이다가 되도록 자
연스러운 몸짓으로 그 책을 내 청바지 뒷주머니에 구겨 넣었다.
그것은 대단히 위험한 행동이었다. 뒷날 내가 책 도둑질의 베테
랑이 되면서 자연스럽게 깨달은 사실이지만, 〈여름 장사〉는 여간
조심스럽게 하지 않으면 안 된다. 얇은 옷에는 사실 훔친 책을 안
치할 공간이 별로 없는 것이다. 『통사구조론』은 내 바지 뒷주머
니에 들어가기에는 몸피가 컸고, 그래서 반으로 접힌 그 책은 내
주머니를 볼록하게 만들었다. 그리고 책의 윗부분은 주머니 밖
으로 삐져나왔다. 범한서적의 직원이 자기 직분에 조금만 충실
했더라면, 나의 첫 의적질은 실패로 돌아갔을 것이다. 그리고 그
뒤 나의 화려한 경력은 초기 단계에서 낙태되었을 것이 틀림없
다. 그러나 그 점원은 그날 자신의 불성실을 통해 한 사람의 의적
을 탄생시켰다. 나는 두근거리는 가슴을 웃는 표정으로 힘겹게
번역하며 천천히 매장을 빠져나왔다.

– 고종석, 『기자들』, 민음사, 1993, 229쪽

고종석 선생은 유려하게 우리말을 구사하는 작가로 유명한데
이 구절은 유머까지 더해져 글 자체를 훔치고 싶을 정도다. 날이
갈수록 책 훔치기 기술이 일취월장하게 된 소설 속 화자는 자기
만의 노하우를 공개한다.

첫째, 여름에는 불편하더라도 큰 주머니가 달린 헐렁한 옷을 입어야 한다. 둘째, 손님이 많을 때보다는 오히려 한산한 아침 시간이 착취자의 기관원들 감시가 소홀하니 이 시간대를 노려야 한다. 셋째, 한국어 서적보다는 외국어 서적 판매대가, 소설보다는 전문 서적 코너가 일하기(훔치기) 편하다.

이 소설 속 의적이 말하는 책 훔치기의 기술은 요즘 시대에는 별 쓸모가 없다. 구석구석 CCTV가 설치되어 있어서 사람의 눈길을 피한다고 훔칠 수 있는 것이 아니다. 지키는 자가 진화하면 훔치려는 자도 진화한다. 요즘 책 도둑은 책 자체를 훔치기보다는 필요한 부분만 휴대전화 카메라로 찍어버린다. 책 도둑질도 아날로그에서 디지털로 발전되었다. 책 자체를 훔치려는 사람을 발견하면 따끔하게 훈계를 하든가 경찰에 넘기기라도 하지, 책 속 필요한 부분만 사진을 찍는 사람을 딱히 제재할 수단이 없다는 것이 문제다. 워낙 순식간에 '찰칵' 해버리니까 발견하는 것 자체도 쉽지 않다.

희귀본 수집가에게 공공 도서관이란

『기자들』에 나오는 책 도둑은 스스로 '의적'이라고 칭한 만큼 훔친 책을 친구들에게 나눠주기도 하고 심지어 도서관에 기증하기도 한다. 그런데 오히려 도서관에 있는 책을 탐내서 훔치는 사람도 제법 많다. 도서관에서 책을 빌려 반납하지 않고 액면가로만 변상한 뒤 자기 것으로 소장하는 사람들이 그들이다. 희귀본을 수집하는 사람들에게 공공 도서관은 보물 창고다. 특히 역사가 오래된 대학 도서관은 더욱 그렇다.

역사가 오래되었다면 분명 요즘에는 거의 구하기 힘든 희귀본이 많을 터이고 도서관 장서인이 표지에는 없고 내지에만 찍혀 있는 예도 있다고 한다. 다시 말해서 자기 것으로 세탁하기가 수월하다. 공공 도서관에서 자기가 구하고 싶은 희귀본을 발견하면 일단 대출했다가 분실했다며 반납을 하지 않는데, 그에 대한 손해 배상보다는 그 희귀본을 소유하는 이익이 훨씬 더 큰 경우가 많다. 그 짓을 한 사람은 어찌 되었든 도서관 장서였다는 흔적을 지우려고 고심을 한다. 면봉에 곰팡이 제거제를 발라서 장서인 흔적을 문지르면 감쪽같이 자국이 없어진다는 이 발칙한 요령을 인터넷 어디에선가 읽은 적이 있다.

책 빌려달라는 부탁을 거절하는 기술

도서관이나 서점이 아니고 친구나 지인 들이 소장한 책을 도둑질하는 경우는 어떨까? 이런 경우는 "책 도둑은 도둑이 아니다"

라는 말이 실감된다. 다른 사람 집에서 다른 물건을 마음대로 집어 가진 않지만 책은 자연스럽게 들고 가는 경우가 허다하다. 물론 반납하지도 않을 거면서 "이 책 좀 빌려 갈게"라고 말하는 사람은 그나마 양반이다. 친구나 지인의 서재에서 허락도 받지 않고 책을 들고 가는 것을 대수롭지 않게 생각하는 사람이 많다.

책을 빌려 가서 함부로 취급하는 사람도 많다. 원래 책을 소중하게 다루지 않는 사람도 빌려 간 사람이 함부로 책을 사용한 흔적이 있으면 불쾌한 법이다. 하물며 책을 곱게 다루며 읽는 사람들은 웬만하면 책을 빌려주기 싫어한다.

물론 본인이 그 책을 읽고 나서 느꼈던 감동을 빌려 간 사람이 똑같이 느끼겠다는 생각에 보람을 느끼고, 나아가 그 사람이 더 나은 인생을 사는 데 도움이 되리라 기대하면서 즐겁게 책을 빌려주는 천사 같은 이도 있다. 또 책을 빌려주었는데 그 책을 읽은 소감을 말해주는 귀한 대출자도 있다.

하지만 자신이 책을 소중히 취급하는 편이라면 남에게 빌려주지 않는 것이 최선이고, 상대가 집요하게 나오면 거절의 기술을 발휘해야 한다. 우선 책을 빌려 가고 싶으면 띠지를 비롯해서 책에 절대로 손상이 가지 않아야 한다는 조건을 내걸어야 한다. 물론 내지를 한 번이라도 접어서는 안 된다고 못을 박아야 한다. 정 마음에 걸린다면, 빌려달라는 사람이 사는 동네 도서관 사이트에 들어가 그 책이 비치되었는지 확인한 뒤, 있다면 도서관에 가서 빌려 읽으라고 말해준다. 이런 방법이 통하지 않을 때는 극약 처방을 내려야 한다. "내 책을 빌려 가서 읽으려면 모 일 모 시에 만나서 이 책에 관한 토론을 해야 해"라고 말하라.

참고로, 책 도둑 이야기가 나오는 고종석의 『기자들』은 1993년에 출간되었는데 절판되었고 책 수집가들이 노리는 표적이 되었다. 고종석은 한국어를 현란하게 사용하는 작가이고 『기자들』은 그가 가진 역량이 아낌없이 발휘된 작품이기 때문이라고 본다. 『기자들』은 당시 유럽이 처한 정치·경제적인 이슈와 기자들끼리 주고받는 우정과 로맨스가 어우러진 흥미진진한 소설이다. 그 후 『빠리의 기자들』(새움, 2014)이란 제목으로 재출간되어서 독자들을 기쁘게 했는데 어쩐 이유인지 이 글에서 인용한 '책 도둑'을 다룬 장이 통째로 빠졌다. 책 도둑에 관한 최고의 명문을 새로운 독자들은 읽지 못하니 아쉬울 뿐이다.

" 헌책을 팔겠다고?

희귀본을 수집하겠다는 독이 바짝 올랐던 10여 년 전쯤의 일이다. 피에르 부르디외의 『구별짓기』(새물결, 2005)라는 책이 희귀본이라는 첩보를 접하고 당장 사냥을 시작했다. 확인을 해보니 과연 절판된 지 오래되었고 인터넷 헌책방에서는 흔적조차 구경할 수 없었다. 산악인이 그곳에 산이 있기 때문에 등반을 하듯이 나는 희귀본이 있기 때문에 구해야 한다는 생각으로 새로이 정신을 무장했다. 당시만 해도 내가 읽고 싶은 책인지 아닌지는 애초에 고려 대상이 아니었다. 희귀본이라면 내용을 불문하고 미친 듯이 손에 넣고자 사방팔방 쫓아다니던 시절이었다.

나는 라이벌의 존재를 애초에 차단하기 위해 이 책이 희귀본이라는 소식을 접했을 때는 전혀 관심이 없는 것처럼 반응한 다음 물밑으로는 진시황이 불로초를 구하는 것처럼 날뛰기 시작했다. 『구별짓기』라니, 제목도 무척 맘에 들었다. 문제는 이 책의 흔적이 전혀 보이지 않는다는 것인데 그렇다고 포기할 내가 아니었다. 최후 수단으로 출판사를 직접 급습하기로 했다. 운이 좋으면 창고에서 썩고 있다든지 반송되어 온 파본이라도 구할 수 있지 않겠느냐는 생각이었다. 어찌어찌하여 경북 김천에 사는 내가 서울까지 올라갔다.

혼자 가기엔 민망하여 동료를 섭외했다. 서울 사는 순진한 친구였다. 우리 둘은 출판사 사무실에서 『구별짓기』를 발견했을 때 누가 차지할지 기준까지 정해두었다. 이른바 심마니가 산삼을 발견했을 때의 룰을 그대로 적용한 것이다. 눈으로 먼저 발견한 사람에게 소유권이 있으며 품위 없이 서로 차지하겠다는 난투극은 벌이지 않기로 했다. 최소한의 인류애를 발휘해 책을 차지한 사람은 빈손으로 돌아갈 상대편에게 위로의 저녁을 사기로 합의했다.

서울역 앞에서 접선한 우리는 일단 위치를 파악하는 게 급선무라 판단하고 출판사로 전화를 걸었다. 어이없게도 분명 출판사로 전화를 걸었는데 웬 초등학생이 받았다. 당황해서 전화를 잘못 걸었다고 말하며 끊었는데 몇 번을 확인해도 그 번호가 맞았다. 확실히 서울 사는 놈이 다르긴 했다. 아마도 사무실을 비웠는데 자택 번호로 전화를 돌려둔 것 같다는 것이다. 당장 다시 전화를 걸었다. 방금 전 그 '초딩'이 또 전화를 받았다. 나는 단호한 어조로 물었다.

"야! 너거 아부지 어디 가셨노?"

형사가 범인을 취조할 때도 그토록 위협적이진 않았을 것이다. 늦잠을 자는데 일어나고 보니 부모님이 모두 외출하고 없어서 황당했던 그 어린이는 낯선 사내의 거친 물음에 그만 울음을 터트리고 말았다. 희귀본 구하기 전략은 온데간데없어지고 그 아이를 달래느라 한참 동안이나 진땀을 뺐으며, 출판사 위치를 파악하지 못한 나는 결국 빈손으로 낙향을 해야 했다.

온갖 회한에 휩싸였다. 대체 왜 희귀본이 헌책 시장에 돌기 시작했는가? 아니, 애초에 사람들은 왜 본인이 산 책을 도로 팔겠다는 생각을 했는가? 책은 사는 것이지 팔겠다는 생각이 아예 성립하지 않으면 나처럼 촌놈이 서울까지 올라올 일도 없지 않았겠는가.

매우 경제적 측면에서도 한번 산 책은 다시 파는 물건이 아니다. 그만큼 개인이 팔려고 하는 헌책은 제값을 받기 힘들다는 뜻이다. 물론 고백하지 않을 수 없는 것이, 나 역시 책을 좋아하고 모으다 보니 결국 우선순위에 의해 일부 책들을 내몰아야 하는 시기가 왔다. 선택지는 많지 않았다. 헌책 시장에 내놓는 것이 그나마 합리적 선택일 때가 많았다.

본인에게 더 이상 필요 없는 책을 처분하는 가장 좋은 방법은 그 책을 꼭 필요로 하는 사람에게 거저 주는 것이다. 고맙다는 인

사를 받고 아끼던 책을 좋은 새 주인에게 보냈다는 보람을 느끼
니까 말이다. 이게 마땅치 않은 사람은 아끼던 책을 팔아야 하는
데 이런 사람들을 위해서 몇 가지 경로를 소개한다.

유에서 무를 창조하는 '동네 헌책방'

헌책방을 다룬 일본 소설을 읽어보면 곧잘 책을 매입하기 위해
서 트럭을 몰고 출장을 가던데 우리나라 동네 헌책방으로서는
불가능한 이야기다.

일단 트럭을 소유한 헌책방이 과연 몇 군데나 있는지 의문이
다. 별수 없이 책 주인이 싸 들고 헌책방을 찾아가야 하는데 책을
팔고 손에 쥐는 돈은 폐지 수준의 값에다 헌책방에 가는 데 필요
한 교통비를 감안하면 수지가 안 맞을 수도 있다.

힘들게 들고 간들 이 책은 이래서 안 산다 저 책은 저래서 안
산다는 말이 이어질 것이다. 가져간 책 중에서 반이라도 처분하
면 당신은 꽤 교양 있는 장서가라고 보면 된다. 애써 싸 들고 갔
는데 대부분을 고스란히 들고 돌아오자면 억장이 무너질 것이
다. 그러면 헌책방 주인에게 하소연하겠지. 당신의 하소연을 들
은 주인은 무심한 듯 이렇게 대답할 것이 분명하다.

"힘들면 그냥 두고 가든가."

물론 돈을 안 주고 그냥 두고 가라는 소리다. 헌책방 주인이 야말로 무에서 유를 창조하는 사람들이다. 헌책방 업종이 '고물상'으로 분류된다는데, 누가 정했는지 참으로 통찰력 있는 사람이다.

헌책 팔아서 돈 못 만든다는 '인터넷 헌책방'

인터넷 헌책방 운영 사정도 동네 헌책방과 별반 다르지 않다. 인터넷 서점에 책을 팔려고 하면 책을 목록으로 보내달라고 하는 경우가 많다. 엑셀로 힘들게 작업해서 보내면 역시 태반이 '매입 불가' 판정을 받는다.

미니멀 라이프가 유행하기 한참 전 나는 선도적으로 무소유를 실천하기 위해서 서재를 몽땅 정리하기로 했다. 내 서재는 엑셀로 목록을 정리할 규모가 아니라서 무려 DSLR에 초광각 렌즈를 물려서 서재 사진을 찍은 다음 당시 잘나가던 대규모 인터넷 헌책방에 보냈다. 금방 입질이 왔다. 수도권에 있는 그 헌책방 주인이 내 서재를 인수할 의사가 있으며 트럭을 가지고 김천에 있는 우리 집에 오겠다고 했다.

무려 20년 이상 피와 땀으로 일궈낸 서재가 얼마만큼 가치가 있는지 궁금한 나머지 책값으로 대충 얼마나 받을 수 있냐고 물었다. 사장의 대답이 걸작이었다.

"책을 팔아서 돈을 만든다는 생각은 하지 마세요."

그럼 헌책을 팔아서 생계를 유지하는 본인은 뭐란 말인가. 본인은 책을 팔아서 먹고살면서 나는 왜 책을 팔아서 돈을 만들면 안 되는가 말이다. 결국 나는 그 헌책방 주인과 책에 대한 철학이 달라 책을 팔지 않기로 했다. 아니나 다를까, 몇 년 뒤 우연히 그 서점이 망해버렸다는 소식을 듣게 되었다.

물리적인 수고를 덜어주는 '알라딘 중고 서점'

집구석에서 굴러다니는 헌책을 팔아서 돈을 만들 수 있는 유일한 통로다. 동네 헌책방보다 매입을 해주는 확률이 높다. 특히 신간 구매 후 6개월 안에 슈퍼바이백 제도를 활용하면 정가의 55퍼센트 가격으로도 팔 수 있다. 헌책방에서 한 번이라도 책을 팔아본 경험이 있다면 이 제도가 얼마나 축복인지 알 거다.

알라딘 앱이나 홈페이지 메뉴를 사용해서 본인이 가지고 있는 책의 바코드를 찍어보면 매입 여부를 미리 알 수 있어서 춥거나 더운 날 힘들게 싸 짊어지고 가는 헛수고를 하지 않아도 된다. 다만 주의해야 할 것은 물에 젖어서 쭈글거리는 책과 ISBN이 없는 1990년대 이전 출간서는 보통 알라딘 중고 서점에서 취급하지 않는다.

무엇보다 알라딘 중고 서점에서 산 중고 책을 다시 되팔 수도 있어서 대단히 효율적이다. 단 이때 다시 안 사줄까 걱정되어 뒤표지에 붙어 있는 알라딘 중고 서점 스티커를 떼려고 하지 마라. 그것 떼다가 흠집이라도 나면 책값이 떨어진다. 알라딘은 그 스티커가 있어도 잘 사준다. 또 한 가지 주의할 점. 알라딘 중고 서점은 띠지가 없으면 매입가가 낮아진다.

물론 이런 대형 중고 서점이 활성화되면 독자 입장에서는 선택의 여지가 많아 좋아도 출판사 입장에서는 새 책의 유통에 영향을 받기도 해 이런저런 우려의 목소리가 나오고도 있다. 책을 대할 때 자신이 무엇을 중시하는지 되새겨볼 지점이다.

개인 판매

책값을 가장 후하게 챙기는 방법이다. 개인 간 책 판매 사이트나 온라인 서점의 개인 판매업자로 등록하면 된다. 중간 상인을 거치지 않고 직접 소비자를 상대한다. 다만 여러 가지 번거롭고 귀찮은 작업을 해야 한다. 상품을 일일이 직접 등록해야 하고, 주문이 들어오면 하나하나 포장을 하고 택배로 보내야 한다. 또한 구매자가 책 상태에 만족하지 못하면 다시 반품을 받고, 그 상품을 재등록하는 수고도 해야 한다.

　당신이 헌책을 이런 개인 판매자에게 샀는데 매우 꼼꼼하게 이중 삼중으로 포장되어 왔다면 개인 판매가 아무나 할 수 있는 일이 아니라는 것을 알게 될 것이다. 더구나 온갖 다양한 사람을 상대해야 하니 뜻밖의 감정 노동을 해야 할 때도 있다. 갖가지 사소한 트집으로 불평을 하는 고객들을 기꺼이 상대해야 한다. 그중엔 띠지가 없다며 깎아달라고 고집을 부리는 고객도 있다.

2장

책을 읽다가
라면이
먹고 싶다면

"

책을 읽으면
오래 산다고?

책을 사면 살수록 사고 싶은 책이 더 많아진다. 초보 독서가는 꼭
읽을 책만 사지만 열성 독서가는 당장 읽지도 않을 책을 일단 사
놓고 본다. 더 많은 책을 읽고, 더 많은 작가를 알고, 더 많은 주제
를 접하다 보면 더 많은 책을 욕심낸다. 열성 독서가라고 해서 하
루가 36시간이 될 수는 없으니 사두기만 하고 읽지 않은 책이 쌓
인다. 나는 이런 현상이 낭비라고 생각하지 않는다. 좋은 안목으
로 고른 책이니 언젠가는 읽게 마련이고 설령 그렇지 않더라도
때가 되면 한두 쪽이라도 읽게 되는 경우가 많다. 독서가가 고르
고 구매한 책은 나름대로 의미와 가치가 있다. 적어도 당사자에
게는 그렇다. 그런 책을 어찌 읽지 않겠는가? '오래전에 구매한
책을 지금에야 꺼내서 읽었다'라는 말은 대부분의 열성 독서가
의 메모에서 발견된다.

독서를 하면 스트레스가 늘지 않을까?

예일 대학교 공중보건대학 교수 베카 레비(Becca R. Levy)의 연구에 따르면 3,635명을 조사한 결과, 일주일에 3시간 30분 이상 독서를 하는 성인은 그렇지 않은 성인보다 수명이 23퍼센트 이상 길어진다고 한다. 물론 이 연구 결과를 모든 사람에게 그대로 적용하는 것은 무리가 있다. 수명에 영향을 주는 요소가 어디 한두 가지겠는가. 곰곰 생각해보면, 책을 더 많이 읽을 시간이 있는 사람들이 숨 가쁘게 일하느라 쉴 틈도 부족한 사람보다는 건강 관리를 할 여유가 있을 확률이 높을 테니 수명이 길어지는 것은 당연하지 않을까.

다만 이 연구가 의미 있는 것은 '왜'라는 질문에 있다. 책을 읽는 행위가 왜 수명 연장에 좋은 미칠까? 위 연구진은 독서를 많이 하면 뇌 기능이 강화되고, 스트레스가 해소되며, 행복 호르몬이 증가하기 때문에 수명이 증가한다고 결론을 내렸다. 똑같이 독서할 여유가 있는 삶을 산다 해도 모두 주 3시간 30분 이상 책을 읽지는 않을 테고, 그렇다면 읽지 않는 사람보다는 읽는 사람들의 삶의 질이 올라갈 수밖에 없을 것이다.

나는 연구자가 아니어서 독서가 수명을 연장해준다는 과학적 근거를 제시하지는 못한다. 그러나 '연구에 따르면'이 아니고 '나의 경험에 따르면' 확실히 독서를 많이 하면 건강해진다. 흔히 독서가 육체적인 건강과 대비되는 정신 건강과 지성을 단련해준다고들 믿는다. 물론 그렇기도 하지만 독서는 확실히 육체 건강도 개선해준다.

우선 독서를 하다 보면 건강에 치명적인 스트레스가 줄어든다. 생각해보면 이상한 일이다. 독서는 텍스트를 이해하고자 하는 지적 노동이기에 일견 스트레스가 가중될 것 같다. 한데 왜 책을 읽는 활동이 스트레스를 줄여줄까? 이유는 간단하다. 독서도 엄연히 취미 생활이며 이러한 여가 활동 자체가 스트레스를 줄여주기 때문이다. 특히 건강에 유념해야 하는 장년기에 이러한 취미 활동은 든든한 아군이 된다. 독서를 한다는 것은 전쟁터에서 잠시 물러나 아무도 간섭하지 않는 공간에서 혼자만의 시간을 보내는 것이다. 자신만의 조그마한 방을 가지고 있다는 것은 큰 스트레스를 견딜 수 있는 면역력을 보유한 것과 같다.

타인의 세계를 체험하고, 소통의 힘을 기른다

특히 소설을 읽으면 뭇사람의 다양한 상황과 처신을 간접 체험한다는 점에서 건강에 도움이 된다. 사람은 나이가 들수록 혼자만의 생각과 아집에 함몰되기 쉽다. 소설을 많이 읽다 보면 달라진다. 소설 속에는 자신과 생각이 비슷한 사람도 있고 다른 사람도 있다. 자신과 경제·사회적 위치가 전혀 다른 사람도 만난다. 정치·종교 성향이 다른 사람도 만난다. 비록 허구이지만 다양한 사람이 경험하는 세상을 읽다 보면 타인에 대한 공감 능력이 향상된다. 공감 능력은 사회생활을 원활하게 해주고 세대 간 간격도 줄여준다. 원활한 사회생활과 가정생활은 건강한 삶으로 이끈다.

같은 맥락에서 독서는 위험 상황을 극복할 수 있는 지혜를 준다. 굳이 위험 직업군에 속해 있지 않더라도 몹시 평범한 일상생활에서도 여러 위험을 만날 수 있다. 안정 속도로 자가 운전을 하거나, 늘 다니던 길을 편안히 걷고 있거나, 항상 이용하던 버스에 올라탄 순간에도 타인에 의한 위험 상황에 놓일 수 있다. 그럴 때 책을 많이 읽어 간접 경험을 쌓아온 이들은 책을 멀리한 이들과 비교했을 때 그 상황을 모면할 만한 지혜와 실질적 방법을 동원할 수 있다. 『SAS 서바이벌 가이드』(존 '로프티' 와이즈먼, 필로소픽, 2013) 같은 책이 괜히 나오는 게 아니다.

남다른 어휘력과 책만 보면 숙면하게 되는 축복

독서가 주는 이점에 회의적인 시각을 가진 사람도 쉽게 인정하는 부분이 있는데 바로 '어휘력 향상'이다. 다른 것은 몰라도 책을 1년만 열심히 읽어도 어휘력은 눈에 띄게 향상한다. 언어학자인 노먼 루이스는 자신이 쓴 저서 『WORD POWER made easy』를 통해서 다양한 분야의 성공한 사람들이 지닌 유일한 공통점이 바로 단어의 의미에 대한 뛰어난 이해력이라고 말했다.

독서를 열심히 하다 보면 남다른 어휘력이 생기고 특출한 어휘력은 사회적 성공으로 이끄는 중요한 열쇠 중의 하나다. 자기 생각을 정확하게 효율적으로 전달하고 타인이 하는 말을 잘 이해하는 능력은 현대 사회에서 매우 중요한 자질이다. 뿐만 아니라 타인과 잘 소통하는 사람은 사회적 성공도 비교적 쉽게 성취하겠지만 신체 건강도 잘 유지할 확률이 높다.

책만 펼치면 잠이 온다는 사람이 많다. 그 사람들에게 책은 보약이나 다름없다. 소설가 이외수는 젊은 시절 쓴 책에서 자신이 앓는 불면증을 죽을병과 바꿀 수만 있다면 흔쾌히 바꾸겠다고 했다. 그만큼 불면증은 고통스럽고 건강에 해롭다. 정도가 다를 뿐이지 야심한 시간에 책을 읽다 보면 누구나 졸게 된다. 책을 읽다가 졸려서 금방 잠이 드는 것은 책이 주는 선물이다.

반면에 스마트폰이나 컴퓨터를 하다 보면 졸리기는커녕 잠이 달아난다. 실컷 스마트폰이나 컴퓨터로 이것저것 하고 나서도 쉽게 잠들지 못한다. 독서는 숙면으로, 스마트폰은 불면으로 당신을 인도한다. 숙면은 건강을 지켜주지만 불면은 당신을 병들게 한다. 물론 수면 연구가들은 잠들기 전에 하는 모든 두뇌 활동은 숙면에 방해가 된다고 하지만 하면 할수록 잠이 오기는커녕 각성이 되는 컴퓨터를 이용한 활동보다는 읽은 지 얼마 안 되어 잠이 오는 독서 활동이 수면에 더 도움이 되는 건 분명해 보인다.

즉, 감히 말하건대 30분간 책을 읽는 것은 30분간 운동을 하는 것처럼 건강에 이롭다. 어떤 이는 읽을 책이 너무 많은데 인생이 너무 짧다고 한탄하기도 한다. 이런 생각이 이해도 되긴 하지만 간접 체험을 통해 삶이 확장되고, 소통이 원활해지고, 지혜가 축적된다는 사실을 생각하면 인생이 길어지는 셈 아니겠는가.

책을 먼저 읽을까,
영화를 먼저 볼까?

요즘은 매체 간 창작이 활발히 이루어져 책이 영상물이 되기도 하고, 영상물이 책이 되기도 한다. 특히 영화와 책은 오래전부터 단짝이었다. 이때 소설을 먼저 읽어야 할지, 영화를 먼저 봐야 할지 고민하는 사람들이 있다. 이건 아주 단순한 선택의 문제지 고민까지 할 일은 아니다.

소설이든 영화든 무척 좋아하게 되면 다른 형태로 다시 감상하고 싶은 것이 인지상정이다. 가령 김치도 그렇다. 김치를 좋아하는 사람들은 김치전, 김치찌개, 묵은지 등 여러 방법으로 그 맛을 즐긴다. 좋아하는 것을 다양한 방법으로 즐기려는 욕구는 자연스러운 반응이다. 물론 우선순위는 존재한다. 영화를 먼저 보는 사람이 있고 소설을 먼저 읽는 사람도 있다. 개중에는 책만 읽는 사람도 있고 영화만 보는 사람도 있다.

소설을 먼저 읽는 사람이 하는 이야기를 들어보자. 이 사람들이 소설을 먼저 읽는 이유는 읽고 나서 영화를 보면 상상만 하던 소설 속 장면들이 영상으로 구현될 때 남다른 즐거움을 느끼기 때문이다. 나 역시 이런 경우에 속한다. 예를 들어, 『폭풍의 언덕』을 감동적으로 읽어서 오래전에 상영된 영화를 일부러 찾아서 본 적이 있다. 황량한 언덕에 홀로 서 있는 저택 '워더링 하이츠'가 어떤 모습인지를 영화 속에서나마 확인할 수 있다니 얼마나 설레던지⋯⋯. 다부지고 복수심에 불타는 히스클리프는 어떻게 생긴 배우가 연기할지, 영화 속 캐서린은 얼마나 아름다울지 등이 궁금했다. 이처럼 소설을 읽으면서 상상한 영상과 영화로 구현된 영상을 비교해보는 즐거움이 무척 좋다. 물론 문장력이 뛰어난 작가가 아무런 제약 없이 글로 휘두른 상상 속의 영상과 제작비와 기술 제약이 따르는 영화 속 영상은 차이가 날 수밖에 없지만 말이다.

1950년대 미국에 사는 가난한 소설가와 영국에 있는 헌책방 주인이 주고받은 편지와 우정을 다룬 『채링크로스 84번지』(헬렌 한프, 궁리, 2017)를 읽고 아주 오래전에 개봉했던 영화를 힘들게 구해서 보기도 했다. 영화를 좋아하는 편이 아닌데도 책을 읽고 나자 영화가 보고 싶어졌다. 외국 소설을 먼저 읽고 영화를 보면 좋은 점이 자막에서 비교적 자유로울 수 있다는 것이다. 당신이 『폭풍의 언덕』을 좋아해서 여러 번 읽었다고 치자. 비록 영어를 잘하지 못하더라도 자막 없이 영화 〈폭풍의 언덕〉을 감상하는 데는 큰 지장이 없다. 이야기를 다 알고 있으니 대사를 정확히 알아듣지 못해도 소설 속 대화와 묘사를 떠올려 어렵지 않게 영화를 감상할 수 있다. 자막 없는 스크린의 광활함을 즐기는 것이다.

소설을 먼저 읽는 사람들은 가능한 영화가 소설의 내용을 똑같이 구현하기를 바란다. 그래야 자신이 소설을 읽으면서 느낀 상상과 영화 속 영상을 비교할 수 있잖은가. 소설을 먼저 읽는 사람들은 애당초 책보다 나은 영화는 없다고 생각한다. 예를 들어, 소설 『태백산맥』을 들어보자. 영화 〈태백산맥〉의 상영 시간이 비록 168분이나 되지만 10권 분량의 소설을 온전히 담아내지는 못한다. 조정래가 자랑하는 질펀한 묘사와 쫀득쫀득한 언어 유희도 영상으로 고스란히 담아낼 수는 없다.

영화를 보고 소설을 읽는 사람들

소설보다 영화를 좋아하는 사람은 영상을 즐기는 데에 조금이라도 방해받길 원치 않는다. 즉 셀프 스포일러를 하고 싶어 하지 않는다. 설령 결말이 완전히 다르다 해도 영화가 원작의 줄거리에서 크게 벗어날 수는 없기 때문이다.

한 예로, 이문열의 소설 『우리들의 일그러진 영웅』과 그것을 원작으로 한 영화는 무려 결말이 전혀 다르다(소설은 주인공 엄석대가 경찰에게 체포되는 것을 암시하지만 영화에서는 은사의 상가에 큰 화환을 보내는 것으로 보아 어쩌면 성공했을지도 모른다는 암시를 한다)지만, 주요 흐름은 소설과 영화가 같다.

영화를 먼저 보면 영화 자체에 실망할 수는 있지만, 소설을 먼저 읽는 사람들처럼 원작과 영화의 간극에서 오는 실망을 느낄 일은 없다. 영화를 먼저 보면 소설 속 내용과 달라서 실망한다든가, 자신이 소설을 읽으면서 감동했거나 좋아했던 부분이 나오지 않아서 아쉬울 일도 없다.

소설은 먼저 읽으나 나중에 읽으나 상관이 없지만, 소설을 먼저 읽고 나서 영화를 보면 원작이 주는 위압감에 눌려서 영화가 초라해 보이는 역효과를 경험할 수도 있다. 소설에서는 웅장한 듯했는데 영화에서는 초라하게 '이게 뭐야'라고 어이없어할 일도 없다.

사실 영화를 먼저 보고 소설을 읽는 자체가 쉬운 일이 아니다. '선관람 후독서'를 하면 영화 속 영상이 자꾸 떠올라서 순수하게 소설에 집중해 읽기가 쉽지 않다. 소설을 원작으로 하는 영화가 크게 성공하는 사례는 무궁무진하지만, 영화를 기반으로 해

쓰인 소설은 인기에 잠시 편승한 영화의 '굿즈'에 가깝다는 게 내 생각이다.

영화가 먼저냐 소설이 먼저냐를 따지는 것은 어쩌면 무의미한지도 모른다. 닭이 먼저냐 달걀이 먼저냐와 비슷한 문제다. 영화와 소설은 서로 보완적이며 협조하는 사이이지 기름과 물은 아니다. 더구나 장르에 따라서 영화를 먼저 볼지 책을 먼저 읽을지를 결정하는 사람도 많다. 결국, 소설을 먼저 읽는 사람들은 자신의 상상력과 호기심을 확인하는 차원에서 영화를 보고, 영화를 먼저 보는 사람들은 영화를 보는 재미를 반감시키고 싶지 않아서다. 아주 단순한 이유다.

"

당신을 독서가로 만드는
10가지 방법

책을 읽으면 다방면에 좋다는 사실을 많은 사람이 인지하고 있다. 지적 능력, 소통 능력, 지혜를 향상시켜주고 스트레스 해소로 심신의 건강에도 좋은 게 독서다. 한데 독서 현황은 그리 밝지 않다. 2017년 11월 기준, 우리나라 만 13세 이상 인구 중 독서인구 비율은 54.9퍼센트에 그쳤다. 또한 1년간 독서인구 1인당 평균 독서 권수는 17.3권으로 나타났으며 연령이 높을수록 권수가 감소했다(통계청, 「사회조사」, 독서인구). 이나마도 평균을 내서이지, 안 읽는 사람들은 아예 안 읽는다는 말이다.

열심히 하면 절대 손해 보는 일이 없는 책 읽기, 어떻게 하면 독서 능력을 키울 수 있을까?

취미와 관련된 책부터 읽는다

많은 사람이 독서 자체에 공포를 느낀다. 아니, 책이라는 물건 자체에 큰 부담을 느낀다. 독서를 강요하는 분위기에서 성장한 데다, 입시 중심의 책 읽기를 권장받은 탓에 자유로운 독서 습관을 익히지 못한 경우가 많다.

이런 부정적 심리를 이기기 위해서는 자기의 취미와 관련된 책을 읽어야 한다. 취미란 인간이 공부, 밥벌이 외에 자기 욕망에 가장 적극적이고도 충실하게 하는 활동이다. 의무감이나 중압감이 없는 시간, 즉 가장 자기 자신으로서 존재하고자 하는 강렬한 욕망이 발현되는 시간이 바로 취미 활동을 하는 때다. 따라서 그와 관련된 책이라면 자연히 관심을 기울일 수밖에 없다.

다행히 출판 분야는 실로 다양하고 광범위해서, 거의 모든 분야의 책이 하루에도 수없이 쏟아져 나오고 있다. 가령 야구를 좋아한다면 『어디서 공을 던지더라도』 『머니볼』 『야구의 추억』 『돌아오지 않는 2루 주자』를, 요리에 관한 책은 『빵의 역사』 『라블레의 아이들』 『앗 뜨거워』를, 고양이를 좋아한다면 '노튼 삼부작'으로 불리는 『파리에 간 고양이』 『프로방스에 간 고양이』 『마지막 여행을 떠난 고양이』와 『고경원의 길고양이 통신』을, 군사 문제와 전쟁사에 취미를 두고 있다면 '밀리터리 클래식' 전집이 있다. 취미가 무엇이든 관련 책을 찾아 읽어보자. 즐겁게 독서 생활에 입문할 수 있다.

단 10분이라도 하루 중 책 읽는 시간을 정해두자

묘하게도 영어 공부와 독서는 공통점이 있다. 영어를 배울 때도 선생님이나 선배 들은 주로 정해진 시간에 해서는 잘하기가 어려우니 자투리 시간을 활용해 짧더라도 자주 해야 실력이 향상된다고 충고한다. 공부 시간이 짧더라도 자주 하는 것이 최선의 방법이라는 믿음은 나도 동의하는 바여서 학생들에게 강조하곤 한다. 독서도 마찬가지다.

물론 한꺼번에 오랫동안 책을 읽으면 금상첨화겠지만 독서가 몸에 배지 않은 사람은 자투리 시간을 활용하는 습관을 들여보자. 출근길이나 등굣길 버스를 기다리면서, 출근 후 업무를 시작하기 전, 학생이라면 등교를 해서 수업이 시작되기 전, 점심 식사 후 또는 휴식 시간 또는 잠들기 전 침대에서 10분간 독서하는 습관은 매우 유용하다. 10분의 독서 시간이 누적되면 시나브로 독서가가 되어 있을 것이다.

언제든 책을 들고 다녀야 한다

독서는 자투리 시간을 활용해서 하는 방법이 좋다고 했다. 자투리 시간이 정확하게 정해져 있는 경우도 있지만 대체로는 그 틈이 언제 생길지 예측하기가 어렵다. 이럴 때를 대비해 책을 항상 들고 다니면 좋다. 하지만 운동이 부족한 현대인에게 무거운 짐은 어깨 근육을 더욱 경직되게 하는 요인이 될 수 있다. 힘이 아주 세거나, 책을 미친 듯이 사랑하는 마니아가 아니라면 되도록 가볍고 작은 책을 선택하자. 너무 무겁거나 커서 이동하는 데에 방해가 되면 독서 자체가 싫어질 수 있다.

TV와 인터넷, 스마트폰을 멀리하자

단언컨대, 내가 1990년대 이후에 태어났다면 결코 책을 가까이 하지 못했다. 요즘 아이들은 공부와 독서를 해야 하지만 유혹이 너무 많다. 인터넷과 스마트폰 그리고 수없이 많은 채널을 보유한 TV에 이르기까지 대단히 강력한 방해꾼들이 도처에 널려 있다. 아니 손만 뻗으면 있다. 그렇게 많은 유혹거리를 뿌리치고 책상에 진득하게 앉아서 책을 읽으라고 하니, 그보다 더한 통제도 없을 것이다.

하지만 역시 독서만큼 정신을 풍요롭게 해주고, 스트레스 해소에도 좋은 영향을 미치는 활동은 드물다. 그렇기에 자신은 수많은 IT 기기의 노예처럼 살면서 자식에게만큼은 독서를 강요하는 부모가 많고, 성인들도 독서 모임 등의 방법을 통해 의식적으로 책을 읽기 위해 노력한다. 따라서 책을 읽기 위해서는 TV

를 비롯한 IT 기기를 멀리해야 한다. 나름의 규칙을 정해두면 유용하다. 가령 독서할 때는 아예 스마트폰은 별도의 장소에 두거나 꺼두기, TV가 없는 장소에서 읽기 등의 규칙은 어렵지 않게 지킬 수 있다.

밑줄을 그으며 책을 험하게 다뤄야 한다

애서가 중에는 책을 지고지순하게 순결한 상태로 보관하고자 하는 이가 많다. 애서가가 아니더라도 주변 정리에 남다른 감각을 보이는 이들은 책도 깔끔하게 보관하고자 한다. 하지만 독서가가 되기 위해서는 아주 특별한 경우를 제외하곤 책을 대하는 이런 자세를 버려야 한다. 책을 애지중지 다루다 보면 손을 뻗기가 어렵다. 읽다가 더럽혀질까, 구겨질까 걱정스럽다면 어떻게 마음껏 책을 읽을 수 있겠는가.

사실 책을 흠집 없이 보관하지 못한다고 해서 낭패를 보는 일은 거의 없다. 내용을 읽을 수 없을 정도의 손상만 아니라면 책을 조심스럽게 다뤄야 할 이유가 없다. 사실 많은 책이 개정판이라는 이름으로 업데이트되니 더더욱 함부로 취급해도 좋을 물건이 책이다.

독서 기록장을 작성해보자

독서의 이점은 일일이 헤아리기 어려울 만큼 많다. 지식 축적, 정서 함양, 뛰어난 어휘력 등. 하지만 아무리 좋은 내용을 읽고, 지식과 정서와 어휘력을 함양해도 어느 순간 잊어버리면 의미가 없다. 심한 경우 내가 그 책을 읽었는지 기억하지 못하기도 하고, 줄거리와 핵심 내용은커녕 의미 있는 한 문장도 떠올리지 못한다. 그런 독서는 사실 의미가 없다. 읽는 행위에서 끝나는 독서가 당사자의 삶에 무슨 영향을 미칠 수 있겠는가.

따라서 어떤 저자가, 어떤 주제를 바탕으로, 어떻게 글을 전개했는지 기록해두고, 감동적인 문구나 절묘한 표현을 따로 기입해두면 독서 생활에 도움이 된다. 책을 사랑하게 되면 기발한 내용, 울림이 큰 문장을 타인에게 암송해주면 좋겠다고 생각하지 않기란 힘들다.

독서하기에 적당한 장소를 선택한다

책의 종류만큼이나 책을 읽기에 좋은 장소는 다양하다. 조용한 곳이 독서하기에 최적의 장소라고 흔히 생각하지만 '적당히 시끄러운' 곳이어야만 집중을 잘하는 사람도 있다. 내 사촌 동생은 적당한 TV 소리와 대화하는 소리를 들으면서 잠들기 좋아했다.

잠자리에 들 때면 주위 사람에게 적당히 떠들어주고 TV를 끄지
말도록 요청하기까지 했다. 독서 장소로 도서관이나 조용한 서
재를 모든 이에게 권장하기는 어렵다. 독자 자신이 편안하고 집
중력을 발휘할 수 있는 곳이라면 어디든 좋다.

　버스를 타면서는 책을 읽지 않도록 하자. 버스는 흔들림이 심
해서 시력에 악영향을 준다. 당연히 독서가는 러닝머신을 하면
서 TV를 보지 않아야 한다. 시력을 망치는 지름길이다. 교통수
단을 이용하면서 굳이 독서를 해야겠다면 기차는 차선책이 된
다. 이 경우 KTX보다는 일반 열차를 권한다. 일반 열차가 오히려
실내 좌석이 넓어서 독서하기에 더 편하다.

　커피 전문점도 훌륭한 독서실이다. 가령 스타벅스에서 애플
노트북을 켜두고 무라카미 하루키의 『상실의 시대』를 읽는다면
'된장남' '된장녀'로 오해받을 가능성이 있지만 적당히 넓고, 적
정한 소음이 있는 이러한 커피 전문점은 독서하기에 매우 좋은
장소다. 커피에 들어 있는 카페인이 졸음까지 예방해주니 최적
의 독서 환경이라 할 만하다.

　침대도 독서하기에 쾌적한 장소다. 잠들기 전 침대는 화장실
과 더불어 독서하기에 집중이 잘되는 장소다. 고대 로마의 상류
계급 저택에 있던 호화스러운 침대의 가장 중요한 용도 두 가지
는 '식사'와 '독서'였다는 사실을 아는가? 침대 위의 독서가 더

욱 쾌적한 이유는 책을 읽다가 자연스럽게 잠들어도 되기 때문
이다. 자신이 좋아하는 책을 읽다가 잠들고, 관련된 꿈을 꾼다면
그 꿈의 장소가 설령 전쟁터였대도 악몽이라고 하기 어렵지 않
을까.

소설은 최대한 오랫동안 읽어야 한다

소설은 이야기가 계속 이어져 전개되므로 한참 쉬었다가 다시
이어 읽으면 앞의 이야기가 기억나지 않는 경우가 많다. 특히 러
시아 소설을 읽을 때 이렇게 중간에 쉰다면 곤욕을 치르기 쉽다.
러시아 소설은 대체로 미묘하고도 은유적인 표현 방식으로 사
건이 진행되고, 서명이나 인명을 부칭, 애칭, 약칭으로 혼용해 부
르는 탓에 쉼 없이 읽어도 헷갈리기 일쑤다. 그러나 각 단원으로
구분되어 있는 인문 서적이나 실용 서적은 소설처럼 긴 호흡으
로 읽지 않아도 괜찮다.

도서관을 자주 이용하자

애써 독서가가 되었대도 한 단계 더 발전하려면 도서관에 가면
좋다. 도서관에 가면 어떤 독서가도 '겸손'을 배우게 된다. 독서

가는 스스로 많은 책을 읽었다며 자만에 빠지기 쉽다. 종종 허세에 빠져 아집을 부리기도 쉽다. 그러나 도서관에 들어서자마자 독서가는 수많은 책 앞에서 작아지는 자신을 발견하고 보잘것없는 자신의 지식을 되돌아보고 반성하며 더욱 독서에 정진하게 된다.

도서관의 또 다른 장점은 비용이 무료라는 점이다. 관심이 가는 책이 있다면 무턱대고 사기보다 도서관에 가서 먼저 읽어보고 소장하고 싶은 책은 별도로 구매하는 습관을 들이라고 권하고 싶다. 물론 최신간은 도서관에서 빨리 보기는 어렵지만, 신간 비치를 신청하고 기다렸다가 읽는 재미도 쏠쏠하다. 온라인 서점에서 책을 구매해도 하루 이틀 사이에 배송받는 속도의 시대에 어떤 책에 애정을 느끼고, 그것을 읽기까지 기다리는 과정은 도서관이 아니고서는 좀처럼 경험할 수 없는 소중한 시간이다. 또 기다림에 적응하면 답답함도 느끼지 않는다.

종이 신문과 잡지를 구독하자

버스도 다니지 않는 시골 마을에서 살다가 그나마 소도시로 이사하면서 맛본 문명의 혜택이 셀 수 없지만 신문 구독은 그중에서도 제일가는 기쁨이었다. 요즘 종이 신문을 구독하는 사람이 예전처럼 많지 않다. PC를 켜지 않더라도 손 안에 있는 스마트폰으로 얼마든지 정보의 갈증 따위는 해결하기 때문이다. 신문을 구독하면 사실 신문을 잘 묶어서 재활용 장소에 두어야 하는 불편함도 무시하지 못한다. 그러나 다른 사람은 몰라도 책을 좀 읽겠다는 독서가는 신문 구독을 반드시 해야 한다.

그 이유는 당연히 신문의 북 섹션 때문인데 내가 아는 한 책에 대한 정보를 가장 쉽고도 자연스럽게 접하는 방법이 신문 구독이다. 물론 인터넷이나 스마트폰을 이용해서 북 섹션의 정보를 얻을 수 있지만 일부러 검색을 해서 정보를 얻는 경우와 눈꺼풀을 비비면서 일어나 신문을 펼치다가 자연스럽게 책 정보를 발견하는 경우는 그 편리함에서 비교가 안 된다. 요즘처럼 복잡한 세상에 웬만한 성의 있는 독자가 아니고서야 일부러 도서 정보를 검색하려면 별도의 계획과 남다른 부지런함을 필요로 한다. 독서가 직업이 아닌 취미인 대다수 독자에게 우연히 신문을 보다가 '어 이 책 괜찮겠는데' 하고 발견하는 즐거움을 누리기를 권장한다. 신문을 구독하면 자의 반 타의 반 정기적으로 독서와 책에 대한 트렌드를 놓치지 않고 따라가게 되며 자연스럽게 책을 보는 안목이 높아진다.

" 독서가를 위한 친절한 간식 안내서

어린 시절부터 독서를 좋아했다. 초등학교 저학년 때만 하더라도 내가 사는 30가구가 넘는 동네에서 TV가 있는 집은 '도랑 건너 할머니 댁'이 유일했다. 책을 읽는 것 말고는 달리 유흥거리가 없었던 것이 나를 독서가로 이끈 원동력이었다. 닥치는 대로 읽었다. 그때는 가정환경조사라는 것을 했는데 '장서의 수'도 조사 항목에 있었다. 언젠가 50권이라고 적었는데 너무 큰 거짓말을 해서 가슴이 두근거렸던 기억이 생생한 것을 보면 '닥치는 대로' 읽어봤자 몇 권 되지 않았다는 것이 자명하다. 우리 동네 가구 전체의 장서 수를 합쳐봐야 얼마 되지 않으니 물불 안 가리고 읽을 수밖에 없었다. 만화책을 싫어하는 아이는 없었다. 어찌나 많이 돌려보았는지 만화책 커버는 모두 두툼한 비닐로 무장되었다. 당시 만화책은 요즘으로 치면 스마트폰 게임 같은 것이었다. 더 읽을 책이 없어지자 베개만큼이나 두꺼웠던 『가정의학』을 읽기도 했다. 벼농사로 생계를 잇는 시골 농가에 왜 그 책이 있었는지 지금도 의아하다. 어쨌든 나는 『가정의학』을 코흘리개 때 이미 독파한 사람이다. 동시에 《농민신문》의 애독자이기도 했다.

어쩌다가 새로운 책을 손에 넣으면 함부로 낭비하지 않았다. 그 책이 주는 즐거움을 최대한 만끽하고 싶었다. 그 방법이란 밥을 먹으면서 읽는 것이었다. 대청마루에서 흰 쌀밥을 물에 말아 먹으면서 책을 읽는 쾌락은 요즘 아이들로 치면 동네에서 제일 잘나가는 피시방에 가서 컵라면을 먹으면서 인기 온라인 게임을 즐기는 기분에 버금갈 것이다.

그런 나를 보면서 친구들은 식사하는 시간도 아까워서 그러나 보다라고 생각을 했는데 사실은 뭔가를 먹으면서 책 읽는 것을 좋아했을 뿐이다. 영화를 보면서 팝콘을 먹는 것과 다름없다. 나처럼 뭔가를 먹으면서 책 읽기를 좋아하는 사람들을 위해서 '독서 간식 안내'를 해본다.

식사류

꼭 밥이어야 한다. 반찬도 단순해야 한다. 소화가 다소 걱정되더라도 국이나 물에 말아 먹을 것을 권한다. 말아 먹기 싫은 사람이라도 반찬이 세 개를 넘어서는 안 된다. 이유는 간단하다. 책을 응시하면서 밥을 먹으면 반드시 국물이나 반찬을 흘리기 마련이다. 책을 원래 험하게 읽는 사람은 책에 국물을 흘리더라도 개의치 않는다고 하지만 며칠 전에 산 신상 옷에 음식물을 떨어뜨린다면 사정은 달라지지 않을까.

경험상 책을 읽으면서 뭔가를 먹으면 책보다는 옷에 음식물을 흘릴 확률이 높다. 책은 민첩하게 움직이는 손가락의 통제 아래에 있지만 옷은 무방비 상태에 가깝다. 먹을거리가 입으로 향하는 중간에 흘리지 책에 도착해서 흘리는 경우는 적다. 기왕에 말아 먹는다면 국물이 새빨간 육개장보다는 담백한 미역국이 좋겠고 가능하다면 맹물을 권한다. 맹물은 흘리더라도 표시가 덜 나지만 육개장 국물을 책에 흘리면 회복할 수 없다.

면류에 관해서 말하자면 라면은 야식의 제왕이지 독서 간식으로서는 최악의 선택이다. 라면 국물은 냄새도 강하고 여러 가지 혼합물이 많아서 책에 흘리면 복구하기가 까다롭다. 탄력이 좋은 라면발의 특성상 국물이 의도하지 않은 방향으로 튈 확률도 높다. 면류를 좋아한다면 라면보다 빨리 먹을 수 있고, 국물도 희어서 피해 정도가 약한 잔치국수를 권한다.

밥이나 면을 먹으면서 책을 읽을 때는 책의 종류를 고려해야 한다. 책의 내지가 잘 펼쳐져서 손으로 압박을 가하지 않아도 얌전히 자신이 읽을 쪽이 펼쳐지는 책을 읽어야 한다. 그래야 책을 탁자에 얹어놓고 독자는 먹을거리가 자신의 입으로 정확하게 배송되는 것에 집중할 수 있다. 손가락으로 힘을 줘서 내지를 고정해야 하는 책을 밥이나 면을 먹으면서 읽는 것은 최상위 고수만 가능한 영역이다.

과자류

'쿠쿠다스'는 절대로 안 된다. 상처를 잘 입는 운동선수를 뭐라고 부르는지 아는가? '쿠쿠다스 몸'이라고 한다. 쿠쿠다스를 전혀 손상 입히지 않고 봉지에서 꺼내 입으로 가져갈 수 있는 사람은 이 세상에 못 할 일이 없다. 쿠쿠다스는 흘리는 것을 전혀 개의치 않는 사람이거나, 잠시 뒤 초강력 진공청소기를 가동할 사람만 먹기 바란다. 오직 쿠쿠다스를 먹는 것에만 집중한다 해도 분명 부스러기를 흘리기 마련이거늘 하물며 책을 읽으면서 이 과자를 먹는다는 것은 보통 무모한 짓이 아니다. 바닥은 물론이고 당신 옷의 구석구석, 책의 내지 이곳저곳 등 쿠쿠다스가 침투하지 못하는 장소는 없다. 굳이 독서용 과자를 먹고 싶으면 쿠쿠다스보다 훨씬 안전한 '아이비'를 권한다. '에이스'도 내구성을 볼 때 쿠쿠다스보다 나을 뿐이지 결코 만만한 상대가 아니니 삼가야 한다.

그럼 독서용 과자로 무엇이 적당할까? '오징어땅콩'을 권한다. 흔한 과자이면서도 독서가의 책과 옷에 손상을 거의 주지 않는다. 부스러기도 별로 없다. 보지 않고도 손을 뻗어서 쉽게 먹을 수 있어서 독서에 집중하기 좋다. 그래도 과자 표면의 부스러기와 기름기가 책에 묻기도 하므로 되도록 책장을 넘기는 손과 과자 집는 손을 구분해 사용하는 것이 좋다.

팝콘은 영화와도 좋은 친구지만 책과도 괜찮은 친구다. 부스러기를 흘릴 확률이 낮고 책을 응시하면서 손만 뻗어 먹을 수 있다. 다만 알이 단단하고 적당히 큰 것이 좋다. 그래야 부스러기를 흘리지 않고 알 자체를 분실하지 않는다.

독서용 과자로 가장 좋은 것은 뭐니 뭐니 해도 '츄파춥스'다. 알이 굵어서 오래 입에 물 수 있으니까 독서에 전혀 지장을 주지 않는다. 무엇보다 샤프트가 장착되어 있으니 그 어디에도 자국을 남기지 않는다. 이 사탕은 원래 책을 읽으면서 먹으라고 만든 건 아닌지 의심될 정도다. 완벽하다. 너무 완벽하다.

아이스크림류

독서 간식으로 떠먹는 아이스크림이 적당한지, 바 형태로 된 것이 좋은지는 논란이 많다. 나의 경험만을 가지고 따진다면 떠먹는 형태가 좋다. 떠먹는 아이스크림은 먹을 때만 숟가락을 사용하니까 아무래도 흘릴 확률이 낮고 집중도도 높다. 막대 형태로 된 아이스크림은 다 먹을 때까지 손에 들고 있어야 해 조금만 지나면 책에 집중한 나머지 본인이 아이스크림을 쥐고 있다는 사실을 망각하기 쉽다. 녹아내린 아이스크림이 용암처럼 흘러내리는데도 말이다.

과일류

독서 과일로 최악의 선택은 방울토마토다. 크기도 한입에 쏙 들어가고 겉이 반질반질한 것이 독서 과일로 적당해 보이지만 입에 넣어서 압박을 가하는 순간 토마토는 하나의 수류탄이나 다름없다. 조심성이 없는 독서가가 먹는 방울토마토는 파편이 입 밖으로 돌진해서 당신의 옷과 책에 씨앗을 뿌린다. 오래된 책에서 싹이 튼다면 그건 방울토마토가 범인이다. 수박이라면 잘게 썰어서 포크로 찍어 먹어야지 길게 자른 수박을 손에 들고 먹으면 피해가 커지므로 조심해야 한다.

　독서 과일로 가장 적합한 것은 바나나다. 바나나는 츕파츕스와 함께 독서 간식의 쌍두마차다. 아니, 원탑이다. 사탕은 몸에 해롭지만 바나나는 건강에 좋기까지 하니 말이다. 바나나는 조각을 흘릴 확률도 없고 과즙도 거의 없다. 나처럼 조심성 결핍증 환자조차 바나나와 함께라면 그 어떤 희생을 치르지 않고 책을 읽을 수 있다.

음료류

모든 음료는 독서 간식으로 좋다. 음료를 마시면서 책을 읽으면 남들이 보기에도 지성미가 넘친다. 특히 커피나 차 종류는 이미지 개선용으로 최고의 선택이다. 다만 주의할 점은 차가운 것보단 뜨거운 음료가 좋겠다. 차가운 음료는 벌컥벌컥 마시게 되므로 우아한 이미지도 덜하고, 아무래도 빨리 마시다 보면 흘릴 위험이 도사린다. 음료를 담는 용기는 조그마한 찻잔보다는 큼직한 머그잔이 낫다. 책에 집중하면서 사고 없이 집어 들기엔 조그마한 잔보단 큰 잔이 실용적이다. 독서용 음료는 종류보다는 온도와 용기의 선택이 중요한 셈이다.

소설을 읽어야 할
7가지 이유

나는 음식은 가려 먹지만 책은 가리지 않고 읽는다. 장르와 관계 없이 읽다 보니 나의 서재를 처음 구경하는 사람은 내가 대학에 서 무엇을 전공했는지 알지 못한다. 보통 하는 일이나 전공에 따 라서 서재의 색깔이 어느 정도 윤곽이 보이는데 나는 하도 잡식 성이다 보니 영어영문학 전공자라는 사실을 눈치채는 사람은 거의 없다.

나는 사진집을 수집하며, 화집도 좋아하고, 역사서도 자주 읽 고, 과학서도 심심찮게 구매하는 편이다. 이처럼 여러 종류의 책 을 읽는데 소설을 읽을 때는 다른 책을 읽을 때와는 다른 마음가 짐을 품게 된다. 그렇다. 소설은 내게 각별한 장르이며 소설을 읽 고 나면 소가 되새김질을 하듯이 내용의 전체 윤곽을 복기하고, 중요한 사실은 메모하고, 처음 본 어휘는 암기하려 한다. 소설을 읽고 나면 독서 후 활동이 왕성해진다.

소설은 왜 특별할까?

집중하고 상상하고 예측하게 된다

우선 소설을 읽을 때는 집중을 하게 된다. 집중력을 키우는 훈련으로 소설 읽기를 권한다. 나는 꼼꼼하지 못한 나쁜 버릇이 있는데 독서에서도 마찬가지다. 책을 대충 읽는다. 재미가 없거나 어려운 내용이 나오면 수십 쪽도 건너뛴다. 정보와 지식 제공을 목적으로 하는 인문서나 실용서는 그런 식으로 읽어도 상관없다. 아니 그렇게 읽는 것이 더 효율적일 때도 있다. 소설은 다르다. 한두 문장만 방심하고 건너뛰어도 전체 맥락을 잃어버릴 수 있고, 한두 문장에 작가의 중요한 메시지가 담겨 있는 경우도 많다. 소설은 꼼꼼히 읽어야 최소한 줄거리라도 파악할 수 있다.

둘째, 소설을 통해서 상상력을 키울 수 있다. 가장 함축적인 방법으로 메시지를 전달하려는 장르는 당연히 시이지만 평범한 독자가 다른 사람의 기발한 상상력에 공감하고 영감을 얻는 장르는 단언컨대 소설이다. 소설 자체가 꾸며낸 이야기 아닌가. 다섯 살짜리 아이에게 들려줄 이야기도 꾸며내려면 힘든 법이다. 소설가들은 있을 법하고, 독자의 탄성을 자아내는 이야기를 지어내려고 애쓴다. 커피 두세 잔 값으로 꾸며내기 천재들이 자신의 온 역량을 발휘해서 지어낸 이야기를 읽고 감탄하는 즐거움은 독자들이 누리는 큰 행운이다. 상상력을 키운다는 것은 창의력을 확대한다는 것과 다름없다.

셋째, 소설은 미래를 예측한다. 오늘날 문명의 이기는 대부분 수십 년 전에 소설에서 다뤄졌다는 것을 웬만한 사람들은 다 안다. 쥘 베른은 그의 소설에서 비행기, 잠수함을 예견했다. 소설가들의 상상력은 엉뚱하다고 여겨지는 일이 많지만 그 상상이 오늘날의 현실이 되는 사례를 숱하게 들 수 있다. 물질적 이기만을 가리키는 것이 아니다. 조지 오웰의 『1984』 같은 소설은 미래 사회에서 일어날 수 있는 상황을 거의 그대로 예측하지 않았는가.

개인에게 공감하면서, 역사도 공부한다

넷째, 소설을 통해 공감 능력이 향상된다. 소설 속에 등장하는 다양한 군상의 처신과 심리 상태를 읽다 보면 타인뿐만 아니라 자신의 심리 상태를 스스로 진단할 수 있게 된다. 도스토옙스키의 『죄와 벌』을 읽다 보면 죄의식에 사로잡힌 범죄자의 심리 상태에 도통하게 된다고 해도 틀린 말은 아니다. 다양한 상황에서 다양한 사람이 각기 다른 처신을 하는 모습을 읽다 보면 독자가 자기 것으로 체득하기도 한다. 『삼국지』를 세 번 읽은 사람과는 말을 섞지 말라는 말이 괜히 나온 게 아니다. 온갖 처세술과 지략이 난무하는 이 책을 세 번이나 읽은 사람이 그것을 자기 것으로 만들었다면 누가 당할 재간이 있겠는가. 이처럼 소설을 읽는다는 것은 다른 사람을 이해하고 나 자신을 이해하는 가장 빠른 방법인 셈이다.

다섯째, 소설은 훌륭한 역사 공부 교과서다. 역사책은 단지 일어난 일만 우리에게 알려주지만, 소설은 앞으로 우리에게 일어날 수도 있는 일까지 알려준다. 가령 『태백산맥』이 그렇다. 『태백산맥』만큼 대중에게 한국 전쟁 전후의 이데올로기 전쟁을 사실적으로 이해하도록 돕는 도구도 드물다. 조정래의 다른 대하소설을 읽는다면 당대 수십 년간의 신문을 완독하는 것과 같다. 『레미제라블』을 읽으면 그 당시의 파리 하수도에 관해서 웬만한 공식 자료를 보는 것보다 훨씬 더 자세한 정보를 얻을 수 있고, 홍명희의 『임꺽정』을 읽으면 조선 시대 백성의 삶이 어떠했는지 그 면면을 어느 역사 기록보다 잘 알 수 있다. 소설이라는 장르는 시대상을 반영할 수밖에 없다. 고전 소설을 읽는다는 것은 소설이 주는 즐거움과 역사 공부라는 유익함을 함께 얻는 기회이고, 현대 소설을 읽는다면 우리가 미처 놓치고 있던 현실과 미래 사회를 허구 세계를 통해 상징적으로 접하게 된다.

모범적이면서 모험적인 교재

여섯째, 소설은 훌륭한 글쓰기 교재다. 소설가는 문장뿐만 아니라 조사 하나도 신중하게 골라서 사용한다. 글쓰기 전문가가 수십 번 아니 수백 번 고쳐 쓴 결과물이 소설이다. 소설가는 사물의 이름을 아는 사람들이다. 소설을 읽다 보면 어휘력이 풍부해질 뿐만 아니라, 사람에게 공감을 얻고 감동시키는 문법을 자연스럽게 자기 것으로 만들게 된다.

일곱째, 소설을 읽는다는 것은 사고가 나지 않는 스턴트맨이 되는 것이다. 소설은 다른 장르보다 독자를 소설가가 펼치는 세계로 더 잘 빠져들게 한다. 존 그리샴의 『그래서 그들은 바다로 갔다』(시공사, 2004)를 읽다 보면 손에 땀을 쥐게 되고 놀이동산에서 롤러코스터를 타는 듯한 짜릿함을 맛본다. 앉은 자리에서 소설가가 구축한 위험하지만 전율이 이는 세계에 들어가 모험을 마음껏 누릴 수 있다.

배우 윤여정도 말했다, 시집을 읽으라고

시는 과연 어려운가? 결론부터 말하자면 시라고 반드시 어렵지는 않다. 물론 어려운 시도 많다. 다만 무조건 다 어렵다는 말에는 동의하기 힘들다. 나는 대학에서 영문학을 전공했지만 4월이 왜 가장 잔인한 달인지 아직도 잘 모르겠다. 전공자에게도 여전히 T. S. 엘리엇은 힘들다. 소네트 형식을 주로 사용했던 셰익스피어의 글을 읽고 '아! 이래서 이 양반을 인도와도 바꾸지 않겠다고 말한 것이구나'라는 감탄도 나오지 않았다.

마찬가지로 서양인이 「관동별곡」을 읽고 뛰어난 문학성을 느끼기는 어렵다. 시는 시인이 느끼는 감정이나 메시지를 함축된 형식으로 표현한 장르라서 어쩌면 시를 어렵게 느끼는 것이 자연스러운 현상인지도 모르겠다. 하지만 시 외의 분야라고 해서 시보다 더 이해하기 쉽던가. 가령 칸트의 『순수이성비판』, 제임스 조이스의 『율리시스』를 굳이 거론하지 않더라도 당장 우리나라 소설가 박상륭이 쓴 『죽음의 한 연구』를 한 쪽만 읽어보면

'시는' 어렵다는 반응이 시 입장에서는 대단히 억울한 일이다. 즉 어려운 시도 있지만 누구나 이해하고 공감하고 울림을 얻는 시도 많다.

시집을 처음 읽는다면

어떤 시집으로 시작할까? 처음 시집을 읽는 사람에게는 중·고등학교 교과서에 수록된 시부터 읽기를 권한다. 기본적으로 청소년 눈높이에 맞는 시를 엄선했기 때문에 누구나 쉽게 읽을 수 있다. 작품성도 보장된다.

어느 세월에 교과서를 뒤져가면서 시를 찾아 읽을까 고민할 필요는 없다. 친절하게도 교과서에 실린 시를 모아서 펴낸 책이 있다. 학교 다닐 때 이미 배웠고 시험도 거쳐서 지겹다고 생각하지 마시라. 우리의 자상한 교육부는 몇 년마다 교과서를 개정하고, 시대에 맞춰 새로운 시를 채택한다. 고등학교를 졸업한 지 10년이 넘은 사람이 현재 교과서 시를 둘러보면 읽지 못한 시를 많이 발견하게 될 것이다.

시집 초보는 이념적이거나 실험적인 시보다는 서정시부터 읽기를 권한다. 아무래도 라임이 없고 난해한 시는 나중으로 미루는 편이 좋다. 우선 윤동주, 백석, 정지용 같은 시인이 좋겠다. 이

단계를 지나면 좀 더 현대 서정시로 넘어가서 유치환, 황동규를 읽고 동시대 서정 시인 문태준, 안도현, 도종환 등으로 넘어가면 된다.

시를 처음 읽는 사람들은 작가 기준이 아닌 읽기 편안한 시 모음집을 펼쳐 드는 편이 좋다. 안도현의 『그 풍경을 나는 이제 사랑하려 하네』(이가서, 2006), 김용택의 『시가 내게로 왔다1~5』(마음산책, 2001·2004), 『어쩌면 별들이 너의 슬픔을 데려갈지도 몰라』(예담, 2016), 류시화의 『사랑하라 한 번도 상처받지 않은 것처럼』(오래된미래, 2005) 등이 그러한 모음집의 예다.

시 읽기는 경제적이다

무엇보다 시 읽기는 경제적인 행위다. 무슨 말인가 하면 이동이 잦은 현대인에게 상대적으로 판형이 작은 시집이 휴대하며 읽기 편하다는 말이다. 무겁지도 않을뿐더러 웬만한 가방에는 쏙 들어가기 때문에 어디서든 꺼내 읽기 쉽다. 장편 소설과는 달리 몇 번이고 읽는 데에 부담을 느끼지 않는다. 물론 저렴한 가격도 빼놓을 수 없다.

그렇다고 시집이 물리적으로만 경제적인 것은 아니다. 백석의 연인 김영한은 1천억 원대의 재산을 기부하면서 "그까짓 것

백석의 시 한 줄보다 못해"라고 말했다고 한다. 누군가는 말도 안
되는 소리라고 말할 것이다. 시가 아무리 좋아도 1천억 원대의
가치보다 높다고? 감히 그렇다고 말할 수 있다. 시는 한 줄만으
로도 열 권짜리 대하소설을 읽고 느낄 만한 공감과 감동을 준다.
투자 대비 고효율을 내는 독서 분야가 바로 시다. 얼마나 경이로
운 장르란 말인가. 다음 두 편의 김종삼 시인의 시를 읽어보자.

장편(掌篇) 2
조선총독부가 있을 때
청계천변 십전 균일상(床) 밥집 문턱엔
거지소녀가 거지장님 어버이를
이끌고 와 서 있었다
주인 영감이 소리를 질렀으나
태연하였다
어린 소녀는 어버이의 생일이라고
십전짜리 두 개를 보였다

묵화(墨畵)
물먹는 소 목덜미에
할머니 손이 얹혀졌다

이 하루도

함께 지났다고,

서로 발잔등이 부었다고,

서로 적막하다고,

　김종삼이 쓴 이 짧은 시들을 읽고서도 우리는 현대사를 논한 수백 쪽의 기록이나 소설이 말하고자 하는 메시지를 감지하기에 부족함이 없다.

폭넓은 어휘력과 단어 하나에도 예민해지는 감각

시를 읽으면 말솜씨가 좋아진다. 시는 일종의 노래다. 다른 장르와는 달리 시는 기본적으로 크게 소리 내서 읽도록 의도된 경우가 많다. 시가 지닌 운율을 느끼면서 낭독하다 보면 어디서 멈추어야 할지, 어디서 소리를 높여야 할지, 어디서 속도를 늦추어야 할지를 알게 된다. 이 경험이 쌓이면 그 언어에 대한 이해가 높아지고 그 언어를 어떻게 구사해야만 다른 사람을 설득하고 공감을 얻어낼지 깨닫게 된다.

　시인은 다른 장르에 비교해서 극히 한정된 숫자의 단어만 사용해야 하므로 단어 선택에 더욱 신중을 기하고, 한 단어가 지닌 다양한 의미를 최대한 많이 활용하려 한다. 자연히 시를 읽게 되면 하나의 시어에 내포된 다양한 의미를 생각할 수밖에 없다. 이런 경험이 쌓이면 어휘력과 표현력이 좋아질 수밖에 없다. 소설이 영화로 재현되고 연결되듯이 시는 노래로 재현되고 연결된다. 한 예로, 시인 정지용의 『향수』는 가수 이동원의 노래 〈향수〉로 재탄생해 새로운 즐거움과 감동을 주었다.

"

잡지를 읽자

독서의 주요 기능이 지식과 상식을 늘리기 위함이라면 잡지를 굳이 책과 구분할 이유가 없다. 잡지도 엄연히 책이다. 잡지를 오로지 시간 죽이기용 인쇄물이라고 매도해서는 곤란하다. 이 세상에는 단행본보다 유용하고 깊이 있고 지식이 풍부한 잡지가 차고 넘친다. 또 잡지는 맥락과 줄거리를 파악하고 읽어야 하는 단행본과 달리 원하는 곳을 먼저 펼쳐 읽어도 상관없다는 점에서 좀 더 자유로운 독서 생활의 대상이 된다. 이런 이점 때문에 잠시 잠깐의 빈틈에 뭔가 읽을거리를 찾는다면 잡지만 한 매체도 찾기 힘들다.

나는 최소한 매월 세 가지 종류의 잡지는 꼭 읽어야 한다고 본다. 잡지를 크게 분류하자면 시사, 교양, 취미로 나눌 수 있는데, 괜찮은 잡지 3종 이상만 꾸준히 읽어도 꽤나 자랑할 만한 상식을 갖춘 사람이 된다. 다음은 수준 높은 콘텐츠와 참신한 기획력, 뛰어난 편집을 자랑하는 잡지 목록이다.

인디고잉

2006년부터 발행되기 시작한 잡지로, 청소년들이 직접 기획하고 만드는 놀라운 매체다. 독서를 좋아하는 청소년들이 세상의 여러 관심사에 자신의 목소리를 내고 실천도 함으로써 좀 더 나은 세상을 만들기 위해서 노력한다는 취지에서 창간되었다. 문학, 역사·사회, 철학, 예술, 교육, 생태 환경 등 여섯 가지 주제를 두고 청소년들이 직접 참여해 잡지를 만들고 있다. 공부만 잘할 것이 아니라 다양한 분야의 인문학적 지식을 쌓고 올바른 심성을 갖추어 세상을 바꾸는 주체로 청소년을 이끌어가는 것이 이 잡지의 꿈이다.

청소년이 만들었으니 응당 독자 대상이 청소년이리라 생각하기 쉽지만 그렇지 않다. 차례를 잠깐 보기만 해도 성인 독자까지 염두에 두고 있음을 알 수 있다. 2018년 봄 호의 글 목록 중에 〈키워드, 시대와 소통하다. 가상화폐라는 욕망보다 중요한 것〉 〈에코 토피아 뉴스 새 생명에 감사하는 봄 요리〉 〈내 삶 안의 헌법 내일도 근로자이길 바랍니다〉 등은 굳이 청소년 성인 할 것 없이 오늘을 살아가는 현대인이라면 누구나 고민해봐야 할 주제이며, 각 이슈에 직면했을 때 좀 더 옳은 결정을 내리는 데 도움을 준다.

여러 문예 잡지

문예 잡지라고 하면 현실과 무관하며 고리타분하고 재미없다는 생각부터 하기 쉽다.《창작과비평》의 경우 분단, 북핵, 한미 동맹 등의 시사성 높은 주제를 다루기도 하고 박민규, 조남주, 황정은 등 인기 소설가의 글을 선보이고 있다(2018년 봄 호).

《문학동네》《문학과사회》등도 문예지로서 좋은 평가를 받고 있다. 보통 문예지마다 특정한 주제를 정해서 문학 작품을 게재하기 때문에 문학을 보는 눈이 넓어질 뿐만 아니라 사회를 바라보는 안목이 명확해지고 사려 깊어진다.

최근에는 더욱 감각적이고 세련된 문예지가 인기를 끌고 있다. 대표적인 것이《악스트》《릿터》《미스테리아》등이다.《악스트》는 편집장이 "악스트가 무슨 문학 잡지야?"라는 말을 듣고 싶다고 말했을 정도로 기존 문예 잡지와의 차별성을 강조한다. 과연 판형이나 디자인이 마치 패션지를 연상시킬 만큼 사진도 많고 디자인 면에서 다양한 시도를 한다. 독특하게도 소설만을 취급하면서 '이상한 사람들이 쓰는 다양한 소설'을 담고자 노력하고 있다. 2018년 기준, 3,000원이 채 안 되는 가격도 매력적이다.

《릿터》는 민음사가 40년간 출간하던《세계의 문학》을 폐간하고 야심차게 출범시킨 잡지다.《릿터》는 무엇보다 가독성에 많은 신경을 썼다는 점이 눈에 띈다. 텍스트가 선명하고 강조해야 할 부분은 폰트와 크기를 달리해서 독자들이 읽기에 참 편하다. 책뿐만 아니라 영화나 사회 문제를 다루는 점도 신선하다. 아이돌 인터뷰까지 더하는 등 다양성 측면에서 획기적인 시도를 한다. 응당 칭찬할 만하다.

《미스테리아》는 문학동네에서 발행하는 미스터리 전문 문예지다. 이름처럼 매호마다 추리 소설에 대한 서평, 영화화된 추리 소설과 영화와의 비교, 유명 작가들의 인터뷰 기사가 지면을 채운다. 표지 디자인을 단색으로 처리한 데다 내지 디자인에 괴기스럽고 위압감을 주어 미스터리를 다루는 잡지라는 냄새를 확실히 풍긴다. 전문 미스터리 잡지라기보다는 미스터리에 입문하는 사람에게 더 걸맞다. 애초에 이 잡지를 창간한 목적이 새로운 미스터리 작가를 발굴하고 우리나라 미스터리 시장을 키운다는 것이니 당연한 일이겠다.

녹색평론

군대를 제대하고 강의실에서 만난 김종철 교수님이 "내가 말이야, 잡지를 하나 만들었거든. 근데 다른 교수들이 어렵다고 해. 내가 보기엔 어려울 거 하나도 없는데 다들 어렵다고 해"라고 우리에게 뭔가 불만 섞인 얼굴로 말씀하셨을 때, 그 잡지가 20년 이상 장수하고 우리 시대 생태 문화를 이끌어가는 오피니언지가 되리라고는 아무도 생각하지 못했다. 당시 김종철 교수님을 존경하던 우리 제자들이 보기에도 그 잡지는 시대에 뒤떨어지고 금방 폐간되어도 전혀 이상하지 않은 잡지였다.

내가 기억하는 1990년대 초중반은 부자의 아이콘이었던 '자가용'이 '현대인의 필수품'으로 전환되려는 찰나였고 내 집 마련보다 자가용 마련이 더 우선인 최초의 시대였다. 그런 물질 만능 시대에 컬러 사진도 없고 광고도 없는, 당시로서는 생소한 생태 주제 잡지가 장수하리라고는 전혀 생각지 못했다. 생태를 살리는 농업, 사람을 먼저 생각하는 정책, 지역 사회의 자생력을 높이는 사업, 사랑과 자발성의 교육, 녹색이 우선시되는 과학 등의 주제뿐만 아니라 자연 속에서 살아가는 평범한 일상적인 주제도 많이 다룬다.

이코노미스트

이 잡지는 영국에서 발행되는 경제 주간지이지만 그 나라에만 국한되지 않는 최고 수준의 글로벌 시사 주간지라고 해야 마땅하다. 잡지 이름만 보면 경제 주제만 다룰 것 같지만 정치 문제,

문화적인 이슈, 심지어 예술과 연예에 대한 소식도 많이 다룬다.

《이코노미스트》의 매력을 크게 두 가지로 말한다면 깊이 있는 다양한 뉴스와 객관성을 꼽겠다. 이 잡지는 매회 150만 부를 발행하는데 그중 절반은 영국이 아닌 해외 몫이라고 한다. 그만큼 전 세계적으로 객관성과 공정함을 인정받는 주간지다. 영어를 공부하는 사람 입장에서는 《이코노미스트》가 좋은 학습 자료가 된다. 영국 영어로 쓰이기 때문에 낯선 면도 있겠지만 격조 있는 고급 영어라는 데에는 많은 사람이 동의한다.

수학동아

초등학교 때 구구단의 7단을 어려워할 때부터 애당초 숫자 쪽으로는 글렀다고 생각했다. 대학 전공을 영문학으로 선택한 후 숫자를 만나지 않아서 좋았다. 성인이 되고 내가 혹시 원래는 수학에 재능이 있는데 학생 때 너무 무관심해서 수학을 못했나 싶은 생각이 들어 『수학의 정석』을 늦게야 펼쳐보았다. 역시 '집합'에서 더 이상 진도를 나가지 못했다. 그래서였다. 『수학, 문명을 지배하다』(경문사, 2005)는 단순히 숫자의 학문이 아닌 사람 냄새가 나는 수학책이라고 해서 봤다. 역시 수학의 문외한으로선 읽기 어려웠다.

그러던 어느 날,《수학동아》 2013년 5월호의 'Editor's note'를 읽고 그동안 내가 왜 수학을 잘 못했는지 알았다. 지우개를 사러 문구점에 갔는데 맛있게 생긴 캐러멜이 있기에 입안에 넣고 보니 그건 캐러멜이 아닌 캐러멜처럼 생긴 지우개였단다. 지우개를 누가 봐도 지우개처럼 보이게 만들지 않고 캐러멜처럼 보이게 만든 창의력이 그 지우개를 특별한 물건으로 만들었다. 수학의 본질(지우개)을 고스란히 전달하면서도 맛있는 음식처럼 보이게 해주는 수학책이 필요하다. 그러니까 나는 누가 봐도 쓰디쓴 맛없는 수학책과 씨름해왔다. 이 잡지는 수학과는 담을 쌓고 지낸 나에게 처음으로 수학이 재미있는 학문이며 실생활과 매우 밀접한 공부라는 사실을 알려주었다. 개미의 움직임에서 페르마의 법칙을 배우고, 포인트 카드로 우수 고객을 예측하는 기업들의 비결이 수학의 통계 분석법을 활용한 결과라는 사실 등을 볼 때 수학은 실생활과 함께하는 학문이지 대학에 가기 위해 마지못해 공부하는 골치 아픈 장애물은 아니다.

고교 독서평설

군대 제대 후 복학 준비를 하면서 사촌 동생의 방에서 이 잡지를 처음 봤다. 1991년 당시 고2인가 고3이었던 사촌 동생은 이 잡지가 창간되자마자 발 빠르게 구입했는데 지금 생각해보면 실로 놀라운 안목이었다.

당시 대입 수험생의 대중문화가 반영된 잡지로는 『보물섬』이 있었다. 그 『보물섬』이 요즘은 헌책방에서 추억의 골동품으로 분류되어 정가 이상의 가격으로 팔리고 있는 점을 고려해볼 때 《고교 독서평설》의 생명력은 매우 감탄스럽다. 특히나 수명이 짧은 국내 잡지계에서 대중 잡지가 아닌 학습용 잡지가 이렇게 긴 수명을 유지하고 있다는 사실만으로 《고교 독서평설》의 내용이 얼마나 충실한지 인정할 만하다.

나는 당시 다소 촌스러운 디자인의 이 잡지를 몇 쪽 들춰 보고는 내용에 담긴 잡지의 혁신성에 감탄했더랬다. 고등학교 교과서 속의 단 한 줄이나 한 문단에 주목해서 풍부한 배경 자료와 원전을 제공하고 해설도 곁들이고 있었다. 논술과 심층 면접에 여러모로 도움이 될 만했다. 이 잡지의 가장 큰 장점은 버리지 않고 곁에 두면 어른이 되어서 다시 읽어도 되고, 어른들이 아이들과 함께 읽기에 참 좋다는 점이다. 나는 「꺼삐딴 리」를 비롯한 많은 명작을 이 잡지에서 처음 접하는 행운을 누렸다.

내셔널 지오그래픽

원래는 미국국립지리학회 기관지이지만 일반인을 위한 교양지로 널리 사랑받고 있다. 지리뿐 아니라 지구에 관한 모든 흥미로운 사실을 멋진 사진과 함께 제공한다. 사실 이 잡지는 눈이 즐거워지는 잡지다. 2012년 12월호는 이 세상에서 제일 큰 나무를 소개하고 있는데 내지로 접혀 있다가 펼치면 70센티 정도 길이로 펼쳐지는 나무 사진이 일품이다. 뒷면에는 그 나무 속에서 사는 야생 동물을 그래픽으로 담았다. 그래서 이 잡지만큼은 절대로 버리지 못한다. 중고책 시장에서도 이 잡지는 높은 시세를 자랑한다. 영어에 문외한이라도 지리에 전혀 관심이 없는 사람이라도 이 잡지를 일단 펼치면 "와!" 하는 감탄사를 절로 내지른다.

씨네21

고등학교 시절 읍내에 나가면 서점에서 사보던 영화 잡지《스크린》을 아직 잊지 못한다. 누군가《스크린》을 학교에 가져오기라도 하면 온 학생이 돌아가면서 보고 심지어 자기가 좋아하는 배우의 사진을 오려 가기도 해서 '버릴 것 하나 없는' 소중한 잡지였다.

종이 잡지의 위력이나 역할이 인터넷 시대를 맞아 많이 약화된 상황을 고려하더라도 영화 잡지로는《씨네21》만 겨우 살아남은 현실이 안타깝기만 하다.《스크린》에서 일하던 평론가 장성일이 제대로 된 영화 잡지를 만들겠다고 야심차게 투자자를 찾았지만 그런 잡지를 만드느니 차라리 은행에 예금하는 편이 낫겠다는 비아냥까지 들었다고 한다. 천신만고 끝에 '돈은 안 되지만, 좋은 일'이라는 논리로 대선주조 회장의 투자를 받아 1995년에 시작한 잡지가《키노》였다.《씨네21》도 같은 시기에 창간되었다. 그렇게 어렵게 시작한《키노》가 100호를 채우지 못하고 99호에서 결국 폐간되었는데 우리나라 문화계의 척박한 현실을 보여주는 대목이다.

《키노》는 폐간된 지 10년이 되었지만 여전히 많은 독자가 이 오래된 잡지를 소중히 보관하고 틈틈이 읽는다. 지나치게 현학적이었다는 비판이 상당했지만 그 현학성에 열광한 마니아의 충성도 대단했기 때문이다.《키노》는 할리우드 스타의 스캔들이나 사생활에 많은 몫을 할당한 기존 영화 잡지와는 달리 작가주의 영화 잡지를 표방하면서 영화학과 교수들의 논문집에 비견되는 수준 높은 비평을 실었다. 결국 독자와 광고가 줄어드는 문제를 만났고 내외부적인 여러 난관 때문에 폐간되기에 이른다.《키노》관계자나 독자 모두에게 비극적인 사건이었다.《키노》가 작가주의 비평에 기초한 심도 깊은 영화 비평을 실었다면《씨네21》은 상대적으로 대중성을 담보한 영화 잡지로 자리매김했다. 이 두 잡지가 각기 다른 색깔로 양립했다면 독자는 폭넓은 선택의 여지를 즐기고 각자의 취향에 맞는 문화생활을 즐길 수 있었을 것이다.

다행히 영화 잡지 중 유일하게 『씨네21』이 발행되고는 있지만, 구하기가 만만치 않은 상황은 매우 당황스럽고 슬픈 현실이다. 동네 서점에서는 잘 팔지 않고 그렇다고 인터넷 서점을 이용하자니 배송료 부담과 금세 품절되는 악순환이 계속된다. 제작 환경이 열악해 촘촘하게 유통망을 형성하기 어렵기 때문이리라 예상되는데, 우리 문화계가 좀 더 활성화되고 다양한 콘셉트의 영화 잡지가 등장하기 전까지《씨네21》만큼은 잘 지키고 볼 일이다.

페이퍼

내용과 디자인 면에서는 20대 여성의 감수성과 미적 취향을 담은 잡지라는 평을 듣는다. 갈수록 상업적으로 변해가지 않느냐는 비판을 받고도 있지만 내가 보기에《페이퍼》는 대중적인 주제를 다양하게 다루면서 진지함을 잃지 않고 잡지 특유의 시각적 만족감도 주는 몇 안 되는 잡지다. 2018년 봄 호의 기사 면면도 그렇다. 뮤지션 이랑과 영화감독 장준환을 인터뷰했고, '걸어도 걸어도'라는 주제로 〈나는 걸으면서 결혼을 했다〉 〈나는 걸으면서 그림을 그렸다〉 〈걷기를 통한 어색한 사람과의 관계 회복 프로젝트〉 등의 기사를 실었는데 제목만 봐도 그 어떤 잡지가 시도하지 않았던 참신함과 궁금증을 자아내는 독특한 내용이 가득하다. 사회 현상을 이야기하는 기사도 흥미롭지만, 조남주의 단편 소설과 '맨발의 영화'라는 코너에 있는 영화 〈패터슨〉에 관한 이야기는 이 잡지가 얼마나 다양한 주제를 통해 독자들에게 폭넓은 시야를 선사하려고 애쓰는지 알게 된다.

이 잡지의 매력 중에 빼놓을 수 없는 것이 기사와 잘 어울리는 아름다운 사진 자료와 톡톡 튀는 삽화가 풍부하다는 것이다. 그러면서도 디자인이 아름답다. 내가 생각하는 좋은 잡지의 최우선 조건은 '과월호의 가치'에 있다. 한 달만 지나도 재활용 통에 버려야 하는 잡지보다는 과월호가 되어도 가치나 실효성이 유지되어 오래 두고 읽어도 좋은 잡지가 좋은 잡지다. 이런 기준에 비추어 본다면 《페이퍼》는 좋은 잡지임에 틀림없다. 무덤에까지 가져갈 만큼은 아니지만 어느 정도의 소장 가치는 보유하고 있다. 내용과 심미적인 욕구를 모두 만족시켜주니 친구나 지인 들에게 선물로 주기에도 좋다. 그렇기에 유독 장기 구독자가 많은 것 아닐까.

많은 사람이 취미를 갖게 되면 먼저 장비를 최고로 갖추어야 한다는 압박에 시달린다. 나 역시 그렇다. 이것이 장비병이다. 내가 한때 대단히 심취했던 테니스와 사진 분야의 공통점이 '장비병'이란 용어의 존재다. 테니스와 사진을 하는 이들 중 상당수가 이미 최고의 장비를 갖추고도 신제품이 나오면 현혹되어 정작 기술 향상에는 관심을 덜 기울인다. 특히 온라인 사진 커뮤니티는 '장비 거래용 커뮤니티'가 되기 십상이다. 사진을 취미로 하는 사람이 스스로 생각하기에 지나치게 '장비'에 관심이 많은 쪽으로 분류된다면《월간 사진》을 권한다.

《월간 사진》은 유명 카메라 회사에서 신제품이 나와도 그 신제품을 특집 기사로 다루지 않는다. '기능 위주의 사진 찍는 요령'에 관한 기사도 거의 없다. 현대 사진의 흐름과 맥을 잘 짚어주는 알찬 내용들로 지면의 대부분을 채운다. 탄성을 자아내는 풍경 사진과 화려한 외모를 자랑하는 모델 사진도 거의 없다. 주로 온라인 사진 커뮤니티에서는 구경도 하기 힘든 현대 작품 사진을 게재하는데 일반인 입장에서는 전시회를 따로 가야만 볼 수 있는 사진을 잡지를 통해 감상하니 눈이 번쩍 뜨일 수밖에 없다. 좋은 사진집과 사진 관련 책 소개, 사진 전시회에 관한 많은 정보는 이 책이 지닌 또 다른 매력이다.

아이들의 영어 공부를 위해서 영어 잡지를 생각하고 있다면 『하이라이트 포 칠드런(Highlights for Children)』이 좋은 선택이다. 미국에서는 아이들을 대상으로 발행되지만 막상 국내 독자가 읽을라치면 만만찮은 수준이다. 우리나라 영어 교재에서는 잘 다루지 않는 미국인 실생활 필수 표현과 어휘를 많이 사용하고 있어 외국인에게는 낯설 수밖에 없다. 하지만 일단 익혀두면 매우 요긴한 정보가 가득하다. 아이들로 하여금 좀 더 창의적이게 하고, 좀 더 스스로 생각하는 능력을 키우게 한다는 편집자들의 광고가 결코 과장이 아니다. 내 아이가 주체적으로 사고하고, 창의적으로 생각하는 힘을 기르는 동시에 영어 공부도 하도록 돕고 싶다면 이 잡지를 추천한다. 읽을거리와 생각거리가 많은 잡지이자 영어 교재다.

이런 종류의 잡지가 국내 영어 학습자들에게 매우 효과적이라고 말하는 이유는 아이들이 영어 공부를 하고 있다는 생각을 하지 않게 한다는 사실에 근거한다. 영어 공부라는 생각을 하지 않게 하는 영어로 하는 활동이 얼마나 효율적인 학습법인지 영어 교육 담당자라면 누구나 인정하는 진리다.

보그

독서가 입장에서 패션 잡지를 추천하라면 《보그》를 권한다. 솔직히 나는 패션 잡지를 잘 모른다. 패션 잡지는커녕 패션이 무엇인지도 모른다. 미용실에서 어쩔 수 없이 생기는 대기 시간이 아니라면 잘 들춰 보지도 않는 게 패션 잡지다. 무엇보다 설령 패션 트렌드 학습 차원에서 이런 잡지를 봐야 한다 해도 '사회 초년생에게 권하는 지갑'으로 120만 원짜리를 추천하는 기사를 보면 다른 세상 이야기 같아서 좀체 내용에 집중하기가 힘들다.

그러나 적어도 자신을 진정한 독서가라고 생각한다면 매년 8월《보그》에 주목하자.《보그》는 8월마다 특별 부록으로 두툼한 '사진집'을 증정한다. 그것도 소프트커버가 아닌 제법 고급스러운 하드커버 사진집이다. 사진집은 소장 가치가 높고 인테리어 효과도 높아서 독서가들이 좋아하지만 가격이 비싼 탓에 섣불리 구매하지 못한다.《보그》의 사진집 부록에 매력을 느끼지 않을 수 없다. 게다가 사진집을 별도로 판매하지 않고 8월호의 부록으로만 제작하니 자연스럽게 '한정판'이 되는 셈이다. 이 부록 사진집은 입소문이 나서 구하려는 사람이 많은 탓에 제법 비싼 값을 치러야 한다. 나는 세 사진집《도시 그리고 여자》《더쇼(THE SHOW)》《패션 펫(Fashion Pet)》을 소중히 간직한다.

물론 이런 불순한 이유에서만 이 잡지를 추천하느냐, 패션 잡지의 본질을 망각한 것이냐라고 누군가 묻는다면, 이렇게 변명하고 싶다. 저 같은 패션 테러리스트가 뭘 알겠습니까. 그저 사진을 좋아해서요.

객석

과거와 비교해보면 최근 공연 애호가가 많아졌다. 생활 수준이 높아지면서 뒤따르는 자연스러운 현상 아닐까. 인간의 삶은 이러한 여가 활동으로 더욱 풍요로워지는 법이다. 오페라, 뮤지컬, 연주회 등의 정통 공연도 과거에 비해 수요가 많다. 공연을 찾는 사람이 많아지는 현상은 바람직하지만 기왕이면 그 공연을 미리 공부해 간다면 더욱 즐거운 관람이 될 수 있다. 오페라니 뮤지컬이니 하는 공연은 애초에 우리 전통문화가 아니니 비전문가들에게 사전 공부는 필수적이다.

　공연 정보는 인터넷과 단행본을 통해서도 얻을 수 있다. 그러나 단행본은 아무래도 담겨 있는 정보가 한정되어 있어 아쉬움이 많다. 인터넷에서 정보를 찾아도 좋지만 일부러 신경을 써 일회성으로 정보를 검색해야 하고 그러다 보면 트렌드를 따라잡기도 힘들다. 그래서 공연 문화에 대한 정보를 얻고자 한다면 '잡지 구독'이 좋다.

《객석》이 운영에 어려움을 겪는 이유이기도 하겠지만 일단 광고가 별로 없는 잡지라서 독자로서는 반길 만하다. 그리고 이 잡지는 생각만큼 어렵지 않다. 가령 지휘자를 인터뷰하면서 단원을 뽑을 때 무엇을 중점적으로 보는지, 연주할 곡을 선택할 때 기준은 무엇인지, 다음 음반은 언제 나오는지 등 지극히 평범한 내용이 많다. 다양한 공연의 리뷰, 클래식의 역사뿐만 아니라 새 음반에 대한 소개 등 공연 문화를 즐기는 데 필요한 중요한 정보가 많이 담겨 있다.

기획회의

한국출판마케팅연구소에서 격주간으로 발행하는 국내 최고의 독서 및 출판 전문 잡지다. 잡지의 이름만 봐서는 독서, 책, 출판에 관한 잡지라고 생각하기 어렵지만 분야별로 각 전문가가 추천 도서를 소개할 뿐만 아니라 출판계 관련 이슈를 심도 있게 분석한 다양한 읽을거리는 이 잡지의 자랑거리다. 독서 분야에서는 기사의 다양성과 추천 도서의 수를 보자면 어떤 매체보다 우위에 서며, 객관성 역시 확실히 담보하고 있다. 도서에 대한 정기적인 정보가 필요한데 여러 가지 이유로 일간지를 구독하기 어려운 독자들을 위한 좋은 대안이 되는 잡지라고 하겠다.

《기획회의》기사를 차근히 살펴보면 이 잡지가 출판인과 독자들의 궁금증과 호기심을 해결해주려고 애쓰는 모습을 역력히 느낄 수 있다. 2018년 연재 기사인 〈플랫폼 마케팅 실무론〉 〈일본 출판 리포트〉 등의 기사는 출판인들의 궁금증과 고민을 해결해주며, 〈과학으로 세상 읽기〉와 〈고전하는 나에게〉 등은 일반 독자들의 교양을 넓혀주고 좀 더 깊은 독서를 하는 데 도움을 준다.

학교도서관저널

학교 도서관 관계자뿐만 아니라 일반 독자에게 매우 유용하고 독서가에게 뼈와 살이 되는 실용적인 정보가 많다. 무엇보다 이 잡지의 가장 큰 미덕은 도서관 관계자와 독서 교육 전문가를 비롯한 현장에서 주로 활동하는 사람들이 이 잡지에 참여하고 있고, 추천 도서를 다른 외부 영향력이 없이 오로지 교사와 독서 교육 전문가 들이 직접 읽고 토론을 거쳐서 선정한다는 점이다. 독자들이 접하는 많은 서평이 사실 상당수 출판사로부터 책을 증정받아 작성된다는 점에서 객관성이 결여돼 있다. 그런 서평들은 오로지 칭찬 일색인 주례사 서평인 경우가 많다. 이런 현실을 감안하면 《학교도서관저널》의 가치는 남다르다.

이 잡지가 강조하는 '책 읽어주기'의 중요성에 깊이 동감하고 책 읽어주기가 부모로서 권장 사항이 아닌 의무라는 일침에 혼자 독서에 몰두한 부모로서 부끄러워졌다. 물론 학교 교육에는 엄연히 '독서'라는 과목이 존재하지만 이 책만큼 실질적이고 유용한 독서 교육에 대한 방법론과 자료를 제시하지는 않는다. 독서 공교육의 경쟁력 강화에 밑바탕이 되는 잡지라고 보는데 '책을 보수하는 방법'을 상세히 알려주는 기사는 이 책이 또 얼마나 실용적인지 일깨워준다. 이런 잡지가 오래 살아남고 널리 읽혀야 우리 독서 교육이 흔들리지 않는다.

B

잡지《B》는 매월 전 세계에서 균형 잡힌 브랜드를 하나씩 소개하는 독특한 콘텐츠를 자랑한다. 그리고 독자 입장에서 광고가 전혀 없어서 반갑다. 물론 잡지의 콘텐츠보다는 오히려 광고를 더욱 눈여겨보는 독자도 있긴 하지만 광고가 전혀 없는 잡지는 대다수 독자에게는 매력적인 카드다.

매월 단 하나의 브랜드를 소개하다 보니 그 브랜드에서 생산하는 제품의 다양한 쓰임새와 실제 사용자의 후기 및 현황을 빠짐없이 알게 된다. 단순히 유명 브랜드라는 이유로 비싼 값을 지불했지만 막상 실제로 그 제품의 장점을 모두 살리고 활용하는 사용자는 많지 않다. 그런 면에서 이 잡지는 제대로 된 물건을 사서, 제대로 사용하는 실용 정신과 그 브랜드를 완전 해부하는 치밀함을 표방한다. 다수의 매체와 심지어 제조업자조차 자신의 제품에 대한 이미지와 감성을 자극하는 문구로 판매에만 열을 올리지 정작 그 제품을 제대로 사용하는 방법을 알려주는 일은 소홀히 한다. 소비자 교육도 주로 저렴하게 물건을 사는 일에 치중한 느낌이 드는데 구입한 물건을 제대로, 효율적으로 사용하는 정보를 주는 일도 중요하다.

이 잡지가 소개한 브랜드의 면면을 살펴보면 독일 필기구 브랜드로 유명한 '라미(LAMY)', 선글라스 제조업체 '레이밴(RAY-BAN)', 어른들이 더 열광하는 장난감 '레고', 부모 등골을 휘게 만들어서 곱지 않은 시선을 받고 있는 고가 의류업체 '캐나다 구스', 미국의 국민 스포츠 용품 업체인 '윌슨'에 이르기까지 스펙트럼이 넓어서 많은 독자의 관심을 끌 만하다. 각 브랜드에 얽힌 유래나 역사도 흥미롭다. 한 예로 스포츠 용품 업체로만 알고 있던 윌슨의 모기업이 사실은 육류 가공 업체이며 가축을 도살하고 나서 부산물을 활용할 방법을 찾다가 테니스 라켓 줄이나 수술용 실을 생산하면서 스포츠 용품 회사로 거듭났다는 뒷이야기는 흥미롭다.

종이책인가,
전자책인가

최근 전자책의 인기가 높아지면서 종이책의 생존 가능성에 대한 논쟁이 많다. 근본적으로 이런 논의 자체가 소모적이라고 생각한다. 독서라는 행위를 꼭 '책'이라고 부르는 형태의 물건으로만 해야 된다는 법은 없다. 독서의 본질적인 목적은 '정보 취득'에 있지 '정보 취득의 도구'에 있지 않다. 정보 취득의 매개체가 무엇이든 특정 경로를 통해 즐기고, 필요한 정보를 얻기만 하면 그게 바로 독서다. 『햄릿』을 종이책으로 읽든 전자책으로 읽든 중요하지 않다. 셰익스피어가 살아서 돌아온다면 아마도 전자책이라는 물건보다는 한국의 독자들이 자신의 희곡을 읽는 사실 자체를 더 놀라워하지 않을까.

전자책과 종이책을 두고 어느 쪽이 우월한지 논쟁하는 일은 마치 남자와 여자를 두고 그 우월함을 다투는 일과 다르지 않다. 전자책과 종이책은 각각의 특성이 있고, 장단점이 있고, 요긴하게 사용되는 경우가 다르다. 따라서 독자는 종이책과 전자책의 장점을 잘 따져서 상황에 따라 적절하게 사용하면 된다. 종이책과 전자책은 공구함에 들어 있는 망치와 드라이버다. 못을 박을 때는 망치를, 나사못을 돌려서 뺄 때는 드라이버를 사용해야 한다. 드라이버가 예뻐 보여서, 망치가 튼튼해 보인다고 어느 한쪽을 버리면 그만큼 불편함을 감수해야 할 상황을 만난다. 흑백논리로 갈라놓고 선택의 여지를 한쪽에 가둔다면 그만큼 독서 세계를 축소하는 꼴이 된다는 말이다. 종이책을 사랑해왔다고 해서 왜 문명의 이기를 거부하는가? 선택의 폭이 넓어진 데에 행복을 느껴야 한다. 종이책이 자신의 정서에 맞는다면 종이책으로, 전자책의 편리함이 좋다면 전자책으로 보면 된다.

다만 너무 한쪽으로 치우치거나 앞서 나가면 곤란하다. 가령 매사추세츠주의 명문 사립 학교인 쿠싱 아카데미는 '책이 없는 도서관'을 만들었는데 종이로 된 책 대신 고성능 컴퓨터와 각종 최신 정보를 제공하는 모니터가 도서관을 채우게 되었다고 발표했다. 물론 도서관에서 종이로 된 책을 모조리 없앤 쿠싱 아카데미의 교장은 잘못된 결정을 한 것이다. 종이책은 전자책으로 대체되지 못하는 장점이 있다. 모든 종이책이 전자책으로 제작되지도 않는다. 종이책과 전자책은 상호 보완적 관계이지 황야의 결투를 벌여야 하는 적대 관계는 아니다.

그렇다면 독서가 입장에서 각각의 장점은 무엇일까?

여행할 때 유용하다. 다시 말해서 휴대성이 좋다. 전자책의 큰 장점이다. 요즘처럼 바쁘고 복잡한 세상에 일상생활을 하면서 편안하게 독서할 여유를 가진 사람은 많지 않다. 이에 대한 대안으로 여행이 독서를 즐길 좋은 기회로 여겨지는데 이곳저곳을 다니다 보면 최대 과제가 짐을 줄이는 것이다. 이럴 때 전자책은 훌륭한 해결책이다. 가벼운 전자책에 마음껏 여러 권의 책을 넣을 수 있기 때문이다. 가벼우면서 많은 책을 보관하는 전자책의 위용은 현대인에게 매력적인 자랑거리가 된다.

가격이 저렴하고 배송이 빠른 점도 이점이다. 일반적으로 전자책은 종이책 가격의 3분의 2에서 반 이하 가격으로 매겨진다. 여러 번 읽을 책이 아니라면 전자책이 유리하다. 두 번 읽지 않을 종이책을 군이 사서 읽고 버리기를 귀찮아하는 사람에게 좋은 선택지가 된다. 더욱이 한국인은 얼마나 성격이 급한가. 책을 구매할 때도 한국인은 배송 속도를 중요한 가치 척도로 삼는데 전자책은 배송추적을 해가면서 기다릴 필요가 없다. 결제와 동시에 읽을 수 있기 때문이다.

전자책은 어두운 곳에서도 읽기 편하다. 리더기 자체에 조명 기능이 있어서 잠들기 전 침대에서 읽기 안성맞춤이다. 책을 읽다 잠이 쏟아질 때 방의 조명을 끄려 몸을 움직이다 보면 잠이 달아나기도 한다. 물론 이 자체 조명은 시력에 나쁜 영향을 줄 위험이 있으므로 신경을 써야 한다.

고로 종이책은 영원하다

깊이 있는 정보가 담긴 책을 읽기에 유리하다. 여러 번 읽고 밑줄과 메모를 해야 하는 책은 종이책이 더 편리하다. 대학 전공서를 지하철에서 전자책으로 부담 없이 읽을 만큼 머리가 좋은 사람은 흔치 않다. 교과서는 확실히 종이책이 더 유리하다. 교사인 내 경험에서 보면 전자 교과서로 학습을 하면 학생들이 20분 정도만 지나면 다소 지루해하고 집중력이 떨어지는 것이 확연했다.

전원과 추가 기기가 필요 없다는 것도 장점이다. 한두 권 정도라면 오히려 종이책이 전자책보다 휴대성이 더 좋다. 전원이 필요 없다는 점이 얼마나 우리를 자유롭게 하는지 또 얼마나 큰 축복인지 모르는 사람은 드물다. 무인도에서 필요한 물건이 노트북 컴퓨터일까, 종이로 된 책이나 수첩일까? 긴급 상황에서도 복잡한 작업이 아니라면 대개 전원이 필요 없는 물건이 더 유용하고 편리하다.

소유욕과 지적인 허영심을 만족시켜주는 쪽도 종이책이다. 당신의 서재에 3,000권의 책이 꽂혀 있다면 그 책들을 바라볼 때마다 많은 책을 소유하고 있다는 만족감으로 흐뭇해질 것이다. 서재를 방문한 사람들도 당신의 소장 목록을 보고 감탄하면서 당신을 존경하게 된다. 그러나 전자책 단말기에 3,000권의 책이 저장돼 있다 해도 자랑하기 어려울뿐더러 자랑을 해도 감탄하며 칭찬해주는 사람도 드물다. 종이책이 영원히 사라지지 않는다고 확신하는 이유가 여기에 있다. 인간의 과시욕과 소유욕은 영원하다. 고로 종이책도 영원하다.

종이책은 오감을 즐겁게 해준다. 특히 외관상 아름답다는 큰 장점이 있다. 책만큼 좋은 인테리어 소품을 찾기도 힘들다. 뿐인가. 각기 다른 모양의 디자인, 사각거리는 종이 질감은 그 자체가 큰 즐거움을 준다. 냄새는 또 어떤가. 후각은 인간의 감각 중에서 가장 오래 기억된다고 한다. 책을 좋아하는 사람은 책 냄새도 좋아한다. 새 책은 새 책 냄새가 나고 오래된 책은 오래된 책 냄새가 나는데, 어떤 사람은 도서관 냄새, 서점 냄새, 헌책 냄새 등 후각으로 책을 추억하기도 한다. 책을 새로 사거나 배송을 받으면 책 냄새를 먼저 맡아보는 사람도 많다. 전자책은 책 냄새를 맡을 수 없다. 이 점에서 종이책을 능가할 수 없지만 너무 실망하지는 말라. 미국 아마존이나 이베이에 가면 책 냄새를 나게 하는 향수와 양초를 판다. 향도 다양하다. 도서관 냄새, 서점 냄새, 서고 냄새 등 다양한 향수와 양초가 판매되고 있다. 비록 실제 냄새만은 못하겠지만 전자책의 슬픔을 어느 정도는 극복할 수 있다.

종이책의 또 다른 장점은 물성에 있다. 사다가 책장에 두면 당장 읽지는 않더라도 그 책을 볼 때마다 '나한테 저 책이 있었지. 오늘은 읽어봐야겠네'라는 생각을 할 수 있다. 하지만 데이터로 관리되는 전자책은 100권 이상만 되어도 본인이 그 책을 소장하고 있다는 사실을 잊을 확률이 높다. 따라서 그 책을 찾아서 읽을 확률도 낮아진다.

그 밖에 종이책은 식사 시에는 냄비 받침대로, 졸릴 때는 베개로, 방을 꾸밀 때 벽지로도 사용할 수 있다.

요리 책 읽기의
즐거움

독서를 실생활과 밀접한 활동이라고 말하는 사람은 드물다. 어디까지나 독서는 마음의 양식이라는 생각이 예로부터 내려오고 있다. 이런 생각에 반기를 들고 실용적인 독서를 지향하는 사람에게 가장 먼저 권하고 싶은 책이 바로 요리 책이다. 요리 책이야말로 실용적인 독서를 대표한다. 책을 읽고 나서 뭔가 얻었다는 뿌듯함을 주는 최고의 분야는 단연 요리 책이다. 반드시 직접 요리를 배우기 위해서가 아니라도 요리 책은 재미로 보기에도 훌륭한 선택이다.

다음은 요리 문외한인 내가 재미있게 읽은 요리 책이다. 취향에 따른 선택이니, 요리 책에 관심이 간다면 각자의 성향이나 취향에 맞는 책을 선택해보면 좋겠다.

요리는 누군가의 생명을 담보로 한다

'세상 모든 음식에 대한 과학적 지식과 요리의 비결'이라는 부제에 어울리는 1,260쪽짜리 『음식과 요리』를 책상 위에 올렸을 때, 과연 정독은커녕 '정신승리' 할 만한 거리라도 있을까 싶어 불길함이 엄습했다.

책장을 넘기는 것도 운동인데, 『음식과 요리』를 들고 다니며 읽는 것은 100킬로짜리 역기를 드는 것과 진배없어서 책상에 모신 채 힘겹게 구경했다. 어서 이 괴물을 내 책장의 한가운데에 모셔두고 나의 서재 방문객들의 찬사를 받고 싶었다. 옆에서 보면 영락없이 고시 공부를 하는 자태로 "나, 이 책을 읽었소"라고 말할 수 있는 증거를 찾아나섰다. 정가가 무려 88,000원인 명저답게 금방 나에게 답을 알려주었다.

예전에는 누구도 돼지고기와 소고기가 동물과 인간 사이의 친밀하고 공생적인 파트너십의 결과물임을 쉽게 망각할 수 없었다. 또 누구도 돼지와 소가 죽은 덕분에 우리가 그 고기를 먹을 수 있다는 사실을 망각할 수 없었다. 그들이 낯익은 목초지에서 풀을 뜯는 것을 지켜보았고, 정기적으로 마구간을 들렀고, 자신의 일상 식사를 위해 그 동물들이 목숨을 읽게 될 도살장을 드나들었기 때문이다. (…) 세월이 흘러 이제 고기를 먹는 사람들 가운데 자신들이 씹고 있는 그 살의 주인이 살아 있는 생명체일 때의 모습을 본 사람은 매우 드물다.

자신들이 그 동물들을 실제로 죽였다는 사실을 아는 사람도 매우 드물다. 포장의 세계에서 먹는 행위가 죽이는 행위와 불가분의 관계가 있는 도덕적 의미를 지닌 것임을 떠올리지 않기란 아주 쉽다. (…) 고기란 이제 마켓에서 구입한 깨끗이 포장된 꾸러미일 뿐이다. 자연은 그것과 별 관계가 없다.

– 해럴드 맥기, 『음식과 요리』, 이데아, 2017, 201쪽

내가 시골에서 자랄 때 닭과 소는 가족이나 다름이 없었다. 어머니는 농사일하다가 끼니때가 되어서 집에 돌아오시면 '말 못 하는 짐승이라 배고파도 말도 못 한다'며 소여물을 먼저 챙기고서야 식사를 하셨다. 지금도 우리 집에서 살던 소들의 '얼굴'이 생생하다. 우리 집 소들은 우리 집 소처럼 생겼었다. 송아지가 팔려 나가면 어미 소는 여물을 내팽개치고 며칠간 목이 터져라 울었다. 소와 함께 살았지만, 실수로라도 소들은 내 발을 밟은 적이 없고 꼬리로 내 뺨을 때린 적도 없다.

이 책은 채식이든 육식이든 요리는 특정 생물들의 죽음을 전제로 하고 있으며, 식문화에서도 대량 소비가 거스를 수 없는 흐름이 되어 동물이 비인도적 사육 방식으로 태어나고 자라고 도

축되는 잔인한 현실을 일깨워준다. 1,260쪽이라는 대장정을 마치고 나면 요리와 음식을 대하는 마음가짐에 변화가 생길 수밖에 없다.

맛있으면서 건강에 좋은 요리의 세계

내가 요리에 재능이 없다 보니 미안하게도 우리 집 주요 요리 담당은 아내다. 그렇다면 감사히 먹기만 해야 하는데 때로 '아 이래서 내가 요리를 시도해야 한다'는 생각이 들 때가 있다. 집안 대대로 짜게 먹는 습관이 몸에 밴 나와 달리 아내는 철저히 저염식을 고수하기 때문이다. 아내가 타박을 해도 눈속임을 해가며 짠 음식을 즐기기도 한다. 하지만 역시 아내의 판단이 옳다. 짜고 단 음식을 자꾸 먹어 좋을 게 뭐란 말인가.

따라서 나같이 짜고 단 음식을 선호하면서 요리도 못하는 이들이 식습관도 고치고 요리도 배우고 싶다면 그에 맞는 책이 필요하다. 바로 『Foodran's 365 저염식 다이어트 레시피』(홍성란, 42미디어콘텐츠, 2014)다. 이 책은 요리사가 하는 거창한 음식을 다루지 않아 부담스럽지 않다. 그야말로 집에서 먹는 밑반찬을 간단하게 요리하는 방법을 알려준다. 그에 맞게 요리 재료도 주위에서 쉽게 구할 수 있는 흔한 것을 사용한다는 점도 대단히 매력적이다.

이 책이 가지고 있는 가장 큰 장점은 삼계탕이나 고등어구이처럼 소금이 많이 쓰여서 맛은 좋지만, 건강에는 해로울 수 있는 음식을 저나트륨 조리법을 사용해서 열량을 대폭 줄이는 요리법을 알려준다는 것이다. 저염식으로 요리를 만들면서도 짠맛을 좋아하는 이들이 맛나게 먹을 수 있는 요리법이란 얼마나 가정에 평화를 가져오는가 말이다.

일본에 가지 않아도 되는 요리 책

나처럼 음식에 대해서 보수적인 사람도 드물다. 20년 전에 태국에 여행 갔을 때는 한국에서 미리 사 간 김치를 끼니때마다 꺼내 먹었다. 퓨전 요리가 자랑인 싱가포르에 갔을 때도 기어코 한국 음식점을 찾아서 된장찌개를 먹었다. 이토록 익숙하지 않은 음식에 거부감이 강한 내가 유독 아무 거리낌 없이 맛있게 먹는 것이 일본 음식이다. 물론 일본 음식이 워낙 우리나라에서 흔한 탓도 있겠고, 지리적으로 가까운 나라여서인지 우리 음식과 괴리감이 적은 편인 이유도 있다.

『요리 초보자도 맛있게 만드는 일본 가정식 260』(맛있는 일본 요리 연구 모임 편역, 시그마북스, 2016)은 가정에서 요리 초보자도 손쉽게 일본 집밥을 요리할 수 있도록 쉬운 요리법으로 구성되어 있다. 일본 요리를 할 때 기본적으로 반드시 알아야 할 사항, 즉 계량법, 육수 내는 방법, 재료를 밑손질 하는 방법을 자세히 알려준다.

일본 사람들이 집에서 먹는 가정식이라 재료도 구하기 쉽고 조리법도 간단한 것이 특징이다. 일본에서 생활했거나 여행을 한 사람이 현지에서 먹었던 요리가 갑자기 먹고 싶을 때 이 책을 펼치면 웬만한 요리는 다 나와 있다고 보면 된다. 무려 260가지의 레시피를 자랑한다.

시크하게 혼밥을 하고 싶다면

주말부부이다 보니 종종 혼자 밥을 먹는다. 의외로 장점이 많다. 우선 무엇을 먹을까를 두고 머리를 맞대고서 고민할 필요가 없다. 음식점에 가서도 마찬가지다. 메뉴를 정할 때 남 눈치를 볼 필요가 없다. 다른 사람들과 밥을 먹을 때가 있는데, 더치페이가 편하지 않은 세대이다 보니 간혹 대접을 받을 때가 있다. 그러면 또 비교적 저렴한 메뉴를 선택하게 된다. 멋지게 벌떡 일어서서 계산을 하거나, 상대적으로 저렴한 음식을 먹고서 괜히 머쓱해지거나 둘 중 하나를 선택해야 한다.

그런데 혼자 밥 먹기를 자주 하다 보면 요리로 눈을 돌리게 마련이다. 사 먹는 음식은 금방 질리니 말이다. 『나 혼자 먹는다』(이밥차 요리연구소, 이밥차, 2017)는 나 같은 사람에게는 하늘에서 준 선물과도 같은 책이다. 이른바 자취생 요리 비법서라 할 수 있다. 자취생 요리라고 해서 얕볼 게 아니다. 구성과 내용 면에서 짜임새가 있다. 특히 본격적으로 요리법을 알려주기 전 '혼밥족을 위한 장보기 리스트'라는 내용을 넣었다. 그야말로 기본기가 탄탄한 요리 책이다.

아무래도 여러 가족이 함께 사는 가정과 혼자 사는 사람은 장 보는 방식이 달라야 한다. 1장이 밥 요리, 2장은 면 요리, 3장은 국물 요리, 4장은 별미 요리를 다룬다. 차례만 봐도 자취생, 즉 '혼밥족'을 뼛속까지 잘 알고 이 책을 썼다는 확신이 든다. 음식 재료도 거창하지 않아 좋다. 자취생이나 혼밥족 사정을 고려해서 아무리 궁핍한 살림이라도 구석구석을 뒤지다 보면 나오는 평범한 재료를 주로 사용하는 요리법을 알려준다. 혼밥족이 무엇을 필요로 하는지 어쩌면 이렇게도 속속들이 아는지, 참으로 실용적이면서도 유쾌하다.

갈수록 외식 문화가 탄탄해져가는 가운데 느닷없이 집밥 열풍을 일으킨 이가 있다. 요리 연구가이자 방송인인 백종원이다. 그러한 열풍에 힘입어 그가 출연하는 프로그램에 소개된 요리법을 담은 책이 서울문화사에서 출간되었다. 『백종원이 추천하는 집밥 메뉴 52』(2014), 『백종원이 추천하는 집밥 54』(2016), 『백종원이 추천하는 집밥 55』(2017) 이렇게 세 권 시리즈다.

이 요리 책은 집안의 주요 요리 담당자인 주부보다는 비주부를 위한 책이다. 자녀가 있는 가정에서 주로 엄마가 요리 담당자인 현실을 감안한다면, 엄마보다는 아빠를 위한 요리 책이라고도 할 수 있다. 요리법이 일반인이 따라 하기 쉽고, 이해하기 쉬운 말을 사용해서 요리를 처음 해보는 이들에게 큰 도움이 된다. 더구나 양념 계량을 할 때 일반인이 정확히 잘 모르는 계량컵, 계량스푼 대신에 집에서 흔히 쓰는 밥숟가락, 종이컵, 찻숟가락 등을 사용해 설명함으로써 초보자도 쉽게 따라 하고 이해하기가 쉽다.

이 책이 무엇보다 매력적인 이유는 짜장면, 짬뽕, 함박스테이크 등과 같이 아무래도 배달을 시키거나 식당에 가서 먹어야 할 것 같은 음식을 집에서 쉽게 요리할 수 있는 레시피를 제공하기 때문이다. 특히 느긋하게 요리할 시간이 없어서 패스트푸드나

배달 음식을 자주 먹는 직장인이 짧은 시간을 투자해 훌륭한 집밥을 먹게 하는 간단 요리법은 다른 요리 책에서 찾기 힘든 장점이다. 하라는 대로 하면 누구나 맛있는 음식을 만들게 하는 요리 책이다.

과학과 요리가 만날 때

요리라고 하면 흔히 손맛을 떠올리지만, 요리는 과학이라고 주장하는 이가 있다. '레시피 속에 숨겨져 있던 요리의 과학'이라는 부제를 달고 있는 『사이언스 쿠킹』(시그마북스, 2018)의 저자 스튜어트 페리몬드다. 손맛이라는 이 추상적 표현에 회의를 품거나 손맛 따위 1도 없는 요리치라면 '요리는 손맛'이 아니고 '요리는 과학'이라고 주장하는 이 책의 매력에 빠질 수밖에 없다. 어쩌면 요리를 빙자한 과학 공부를 하기에도 제격이다.

요리에 관심이 없어도 재미로 읽기에 좋다. 심지어는 그저 책장에 두고 소장하기에도 좋다. 주방의 필수 아이템인 칼, 냄비, 조리 기구의 모든 것에 대해서 먼저 설명하는 이 책은 요리를 하면서 한 번쯤은 궁금해할 수 있는 질문에 과학적인 대답을 한다. "마늘은 으깨야 할까, 다져야 할까?"라든가 "채소의 영양가를 그대로 살리고 싶으면 어떻게 요리를 해야 할까?"와 같은 요리

선생에게 물으면 그것도 모르고 요리를 하느냐는 꾸지람을 들을 법한 질문들에 친절하게 답해준다. 질긴 고깃덩어리를 뜨거운 그릴 위에 굽고 나면 왜 맛있는 스테이크로 변신하는지도 설명해준다. 말하자면 이 책은 요리의 기술이라기보다는 요리의 원리를 알려주는 책이다.

무엇보다 이 책은 아름답다. 너무 아름답다. 표지 디자인만 봐도 공감하게 될 것이다. 표지뿐만 아니라 속지를 몇 쪽만 펼쳐보아도 사진과 그래픽이 얼마나 요리를 따라 하기 쉽도록 배치되었는지 알게 된다. 내용이 과학적이기도 하지만 사진과 그래픽도 과학적이다. 그만큼 이 책에 담긴 이미지들은 요리 초보자라도 쉽게 레시피를 따라 할 수 있도록 구성되어 있다.

책 읽다가 이혼할 뻔

내 서재에 있는 책 중에서 가장 비싸지도, 희귀하지도, 재미있지도 않으면서도 각별한 책이 있다. 유홍준 선생이 쓴 『나의 문화유산답사기』다. 아내도 이 책을 샀으나 결혼하기 전 그간 소장하던 책을 전부 버렸다. 일찌감치 무소유를 손수 실천한 분이 내 아내다. 덕분에 아내가 무슨 책을 읽어왔는지 알 도리가 없었다. 오직 『나의 문화유산답사기』를 사서 읽은 것은 확실할 뿐이다.

결혼하고 살림은 합쳤지만, 아내는 합쳐야 할 서재가 없어서 '서재 결혼 시키기'는 못 했다. 그래서 유독 앤 패디먼이 쓴 『서재 결혼 시키기』(지호, 2002)를 재미나게 읽었다. 내가 경험하지 못한 세계였으니 말이다. 아내가 데려온 책이 없어서 각자의 서재를 결혼시키기 위해 티격태격할 일이 없었다. 서재는 오로지 나의 영지였고 아내 입장에서는 불한당의 본거지였다. 나에게 서재는 임꺽정에게 청석골과 같은 곳이지만 아내는 진압해야 할 반란군의 소굴이다. 서재는 아내가 세상에서 제일 싫어하는 먼지의 본거지인 까닭이다.

책으로 로맨스를 쌓는 사람들

『책 읽다가 이혼할 뻔』(엔조 도·다니베 세이야, 정은문고, 2018)이란 책을 우연히 발견했다. 참 재미난 제목인데 어떤 내용인지를 가늠을 하지 못했다. 자세히 살펴보니 부부가 서로에게 책을 추천하고 추천받은 책을 구해서 읽은 다음 감상문을 쓰는 내용이다. 그러니까 부부가 릴레이식으로 서평을 쓰는 게임을 한다. 참으로 지적인 부부다.

재미난 것은 이 책을 번역한 사람도 부부라는 것. 서재를 반으로 나눠서 사용하는데 아내는 요괴나 저주, 괴담에 관한 책을, 남편은 PC 관련 전문서, 물리나 수학, 요리 책을 주로 읽는다. 이 책의 서두에 '이 글은 부부가 상대방을 이해하기 위해 서로에게 책을 추천해온 격투의 궤적이다'라고 쓴 이유를 알겠다.

나는 아내에게 서재를 소탕당하는 처지인지라 부러운 마음을 가득 담아서 이 부부가 펼치는 '책의 결투'를 읽어나가기 시작했다. 부부가 서평을 같이 쓴다고 하니까 닭살이 돋는 금실을 자랑하는 것으로 오해할 수도 있겠다. 그렇지 않다. 남편과 아내의 서평에서 한 부분을 읽어보자.

나는 심령사진이나 괴담 관련 그림 따위는 보이지 않도록 숨겨둔다. 사람 얼굴이 크게 나온 표지도 안 된다. 밖에서 보는 책은 큰 문제가 안 되지만 집 안에서는 책을 뒤집어 놓는다. 결혼 초기에 아내가 그런 표지의 책을 책상 위에 올려놓곤 했는데, 나를 괴롭히려고 일부러 그러는 거로 의심하기도 했다. (32쪽)

이전 연재에서 남편은 표지가 무서운 책이 싫다고 폭로한 바 있다. 그렇다면 내가 아는 한 가장 무서운 표지의 책을 골라야지. 참고로 현재 남편은 아파서 이불 안에서 끙끙거리고 있다. 이런 상태에서 읽는 〈쿠조〉는 또 다른 맛이 있지 않을까. (43쪽)

왠지 이 남편이 나와 비슷한 처지인 것 같다는 생각이 들었다. 아내는 일부러 남편이 무서워하는 표지를 남편의 책상 위에 올려둔 것이 분명하다. 『쿠조』는 착하기 이를 데 없는 순한 눈을 가진 세인트 버나드 종의 개가 악마로 돌변하는 내용이란다. 악마로 변한 개는 주인도 공격한다고. 이쯤에 이르자 이 부부가 벌이는 격투의 결과가 눈에 보인다.

『쿠조』를 추천받고 읽어야 하는 남편의 운명은 어찌 되었을까? 무서워하는 기색이 없다. 줄거리를 낱낱이 되새기고 이 책을 읽고 여러 가지를 배웠다고 담담하게 말한다. 사실 남편은 아내가 생각하는 것처럼 무서운 표지가 있는 책에 소름이 돋는 사람이 아니다. 뜻밖에도 그의 책장에는 괴담을 다룬 책이 꽂혀 있다.

이 남편도 만만한 사람은 아니다.

두 사람이 벌이는 격투가 흥미로워 나이 차가 궁금해졌다. 아내는 1982년생이고 남편은 무려 1972년생이다. 아마도 남편은 귀여운 아내의 장난을 즐기고 있는지도 모르겠다. 이 책을 읽어갈수록 아내의 애정 행각이 뭇 남성의 질투를 자아내기에 충분하다. 남편은 기운이 없는 아내가 활기를 되찾도록 야한 책을 추천하고, 아내는 의사로부터 살을 빼야 한다는 충고를 들은 남편에게 『이타야식 군것질 다이어트』를 권한다. 이쯤 되면 그냥 격투의 궤적이 아니고 애정의 궤적이라는 생각이 든다.

그러고 보니 이 부부는 꾸준히 상대에게 도움이 되거나, 알았으면 좋겠거나, 직업상 필요한 책을 임무 과제로 부여한다. 아내는 전업 작가인 남편에게 『소설 강좌 잘나가는 작가의 모든 기술』을, 남편은 '아내에게 가장 부족한 부분이자 보충이 시급한 부분은 미국의 산업 지식'이라고 생각해 『연봉은 '사는 장소'에 따라 정해진다』를 고른다. 책으로도 닭살 행각을 벌일 수 있겠다는 생각이 든다.

내 아내는 정말 책을 싫어할까

그렇다고 이 부부가 상대방에 대한 것이라면 시시콜콜 모든 것

을 다 알고 있지는 않다. 아내는 결혼한 지 수년이 지날 때까지 남편이 커피를 싫어한다는 사실을 몰랐다. 서평 곳곳에 남편은 "아내는 ~라고 생각하지만 사실은 그게 아니다"라는 구절이 보인다. 나의 경우도 그렇다. 그간 아내와 관련된 글을 많이 썼는데 그걸 본 아내는 "당신이 나에 대해서 뭘 안다고?" 그런다. 아는 척하지 말라는 말씀이시다.

이 부부의 릴레이 서평은 결국 서로의 부족한 점을 메워주고 서로를 알아가는 과정으로 읽힌다. 유쾌한 책인데 소개하는 책의 대부분이 듣지도 읽지도 못한 일본 책이라서 공감하는 데 약간의 어려움은 있었다.

그런데 왜 제목이 『책 읽다가 이혼할 뻔』일까? 아내는 뭐든지 남편과 함께하는 것을 좋아한다. 서평을 주고받으면서 아내는 '종이접기'를 함께하자고 여러 번 말하지만 남편은 거절했다. 서로 자신이 있는 곳에서 움직이지 않는다는 것을 알게 된 것이다. 몸져 누워 있는 남편에게 뭐라도 먹이겠다고 요리를 하려는 아내더러 아플 때 당신이 한 요리를 먹는 것은 자살행위라고 당당히 말하는 남편이라니. 그의 패기가 대단하다고 생각되면서 걱정이 되기도 한다. 연재를 거듭할수록 자신의 영역과 취향을 고수하려는 상대에게 말은 못 하지만 섭섭함이 누적되는 듯했다.

남의 이야기가 아니었다. 곰곰 생각해봤는데 내 아내가 원래 책을 싫어하는 것은 아니다. 이웃의 서재를 보고 감탄한 나머지 나에게 가장 넓은 방을 서재로 사용하도록 계획한 사람은 아내였다. 아내는 책을 미워하는 것이 아니라 '혼자 있는 나'를 미워한 것이다. 서재에서 혼자 책을 읽는 남편보다는 소파에 함께 앉아 드라마를 보는 남편이 더 좋은 남편 아닐까.

3장

이렇게
쓴다

마침내 쓰기 시작하다

사람은 인정 욕망에 시달리는 동물이다. 제아무리 겸손한들 자신의 남다른 면모나 치적을 타인에게 조금도 인정받고 싶지 않은 사람이 있다면 도인의 경지에 이른 존재다. 사사로운 게시물에 댓글 하나 달면서도 얼마나 많은 사람이 '좋아요' 버튼을 누르는지, 누가 덧글을 다는지 예의 주시하는 존재가 인간 아닌가. 더욱이 먹고사는 문제부터 무너져가는 자존감 문제까지 갈수록 사회가 강퍅해지다 보니 이 인정 욕망은 현대인을 설명할 때 반드시 필요한 핵심 요소가 아닌가 싶을 정도다.

책깨나 읽는 사람들의 과시욕

인정받고 싶다면 어떻게 해야 할까? 출중한 실력과 노력, 천재적 면모를 지닌 사람이라면 가만히 있어도 여기저기서 찬양해주겠지만, 나와 같은 범인들은 과시를 좀 해야 한다. 다행히 과시욕은 인정 욕망과 짝을 이루어 자신이 타인에 비해 뭐 하나 조금이라도 낫다면 자연스럽게 꿈틀거리는 본능에 가깝다.

그렇다면 책깨나 사서 읽는 사람들의 과시욕은 어떤 식으로 발현될까? 뭔가를 쓰는 행위 아닐까? 좋은 책을 읽고 새로운 생각을 알게 되면 혼자만 간직하기가 아까워서 다른 사람에게 이야기한다. 좀 더 많은 사람에게 알리고 싶으면 하다못해 SNS에라도 글을 올린 경험이 누구에게나 있을 것이다.

자신이 좋아하는 작가의 책을 읽고 그 작가가 자주 구사하는 멋진 표현을 흉내 내고 싶은 생각도 책을 좋아하는 사람이라면 대부분 하게 된다. 다른 작가의 표현이나 생각을 내 경험과 내 글에 온전히 담아내다 보면 그 표현과 생각은 내 표현과 생각이 된다. 하늘 아래 새로운 것은 없으며 '내가 생각해낸 기발한 생각'도 따지고 들어가면 '다른 사람'이 쓴 글을 읽고 내 것으로 소화한 결과인 경우가 많다. 물론 다른 사람의 글을 읽지 않고 혼자만의 오랜 생각으로 새로운 가치관을 형성한 사람도 있겠지만 그것은 극소수의 이야기다.

글쓰기는 어떻게 시작되는가?

글쓰기를 어렵고 복잡하게 생각할 필요가 없다. 사람이 태어나서 말을 배우는 과정과 비슷하다. 갓난아기가 스스로 생각해서 학습하여 모국어를 습득하지는 않는다. 부모가 하는 말을 흉내 내고 따라 하면서 배운다. 우리도 갓난아기처럼 책이라는 보호자를 통해서 글을 배운다. 더욱이 이 보호자는 세상의 거의 모든 분야를 섭렵하고 있으며, 한결같이 제자리에서 우리가 필요할 때마다 곁에 있어주는 관대한 존재다. 즉 글쓰기의 시작은 독서다.

시작하는 작가를 위한
까칠한 안내문

독서를 즐기지 않는 사람도 책은 내고 싶어 한다. 책을 사고, 읽고, 글을 쓰다 보면 책을 내고 싶다는 생각이 더 간절해진다. 글을 쓴다고 해서 모두 책으로 출간될 수는 없다. 대체 어떤 글을 어떻게 써야 책으로 펴낼 수 있을까?

사람들은 당신의 인생 따위에 관심이 없다

이상한 일이지만 출판사의 원고 투고함은 언제나 '단군 이래 최대 불황인 출판계를 단숨에 살릴' 원고가 넘친다고 한다. 누구나 자신의 인생을 책으로 내면 존 그리샴의 전율과 성석제의 유머, 박경리의 민족 정서를 능가하리라고 확신하지만, 출판사 입장에서는 '쓰레기'인 경우가 태반이다. 제발 자기가 살아온 여정을 책으로 내기만 하면 천만 독자가 감동의 눈물을 흘리리라는 착각은 접어두자. 사람들은 누구나 자신만의 우여곡절이 있고 당신 인생 따위에는 관심이 없다.

상업적인 성공을 포기하고 기념 삼아 책을 내는 경우라면 '광화문에서 똥을 싼' 이야기를 써도 된다. 하지만 '팔리는' 책을 쓰고 싶다면 일단 홍보가 되어야 하는데 아직은 그래도 신문 기사 서평란에 실려야 효과가 있다.

그렇다면 신문사 문화 면 담당 기자는 어떤 책을 좋아하는가? '좋은 책'을 좋아한다. 그들이 생각하는 좋은 책이란, 지방의 동네 서점에서는 도저히 팔릴 것 같지 않은 책이다. 한마디로 대학교수나 유명 저자가 쓴 고상하고 유식해 보이는 책이다. 저자가 유명한 사람일수록 좋다는 뜻이다. 저자가 무명인 경우에는 오로지 '단군 이래 그 누구도 쓰지 않은 주제'를 선택해야 한다. 개인의 독특하고 꾸준한 경험은 글쓰기 실력보다 우선한다. 내용이 중요하지 글쓰기 능력은 뜻밖에도 후순위다.

글 쓴다고 절에 들어가면 딱 망하기 좋다

글을 쓰다 보면 김훈이나 공지영 작가처럼 이름이 알려지지 않아서 그렇지 자신의 글이야말로 최고라는 자만심 감옥의 수감자가 되기 쉽다. 시작하는 작가일수록 자신의 글을 많은 이에게 공개하고 피드백을 받아야 한다. SNS가 인생의 낭비라고들 하지만 글쓰기의 훌륭한 학교가 될 수 있다. SNS에서라면 부담 없이 쓰고 싶을 때 쓸 수 있고 댓글로 피드백을 받을 수 있기 때문이다. 글을 쓴답시고 오피스텔을 임대하고 서재를 꾸미는 경우가 있는데 말리고 싶다. 프로 작가에게나 유용한 선택이다. 시작하는 작가는 생활 속에서 아이디어를 얻고 틈틈이 일기 쓰듯이 글을 쓰는 것이 좋겠다.

더욱 위험한 것은 아예 세상과 담을 쌓고 휴대전화도 터지지 않는 산골에 사전과 펜 그리고 원고지만 들고 입산하는 경우다. 글을 쓰는 데 인터넷은 필수다. 집필에 필요한 정보를 검색하고, 다른 사람의 피드백을 실시간으로 받을 수 있으니 말이다.

출판사에 투고하면 좌절만 한다

출판사의 원고 투고란에 자신의 글을 보내지 말기 바란다. 그들은 당신의 원고를 온갖 핑계를 대면서 거절할 것이다. 그나마 '정중하게' 거절하는 출판사는 양반인데 '안타깝다'라는 말에 용기를 얻지 마시라. 그냥 당신의 원고를 책으로 낼 생각이 전혀 없는데 그래도 문화업계라서 정중하게 거절하는 것뿐이다.

신기한 것은 당신의 옥고를 온갖 핑계로 거절한, 그토록 엄격한 잣대를 가진 출판사에서 내는 책들의 면면을 보면 우습기는 할 것이다. 당신의 원고를 거절한 온갖 기준에 모두 미달하는 책이 우수수 나오니 말이다. 억울하면 출세를 해야 한다. 심지어는 원고를 투고해도 답장조차 없는 출판사가 태반이다. 원고를 들고 출판사를 찾아가지 마라. 그들도 마감에 쫓겨 바쁘다. 당신의 방문은 출판사 대표의 페이스북 게시물의 좋은 소재가 될 뿐이다. 자신의 블로그나 SNS에 꾸준히 좋은 글을 연재하다 보면 출판사에서 먼저 연락이 오기 마련이다. 때를 기다리며 조용히 칼을 갈고 있어야 한다.

부모님 말고 자기 책을 공짜로 주지 마라

우여곡절 끝에 당신의 책이 출간되더라도 신문사 문화 면에 실리리라 기대하지 마라. 당신은 무명이니 분명 1인 출판사나 소형 출판사에서 출간했을 텐데 저자 자신이 홍보 사원이라고 생각하고 열심히 알리고 볼 일이다. 자신이 SNS 활동을 열심히 했다면 도움이 될 터이고, 온라인 서점의 서평가로 활동했다면 더욱 좋겠다. 무엇보다 홍보보다는 좋은 원고를 쓰는 것이 우선이라는 사실을 꼭 명심하면 좋겠다.

알지도 못하는 페이스북 친구에게 메시지를 보내서 '어떤 책을 낸 아무개 저자인데 일독을 권합니다'라고 홍보는 하지 말자.

같은 저자로서 안구에 습기가 찬다. 명색이 저자인데 기본 자존심은 지키자. 차라리 지하철 행상을 하는 편이 빠르지 그런 메시지를 받은 사람은 당신을 즉각 차단할 것이다.

　부모님 말고는 책을 공짜로 주지 마라. 지인이 낸 책도 돈을 주고 사야 하는 물건이라는 인식을 심어줘야 한다. 책을 냈는데 왜 주지 않느냐고 따지는 지인은 상종하지 마라. 그들이 무슨 국회도서관인가? 책이 출간되는 즉시 납본하게.

　돈이 없어서 책을 못 사겠다는 친구들과도 친하게 지내지 마라. 주머니가 가볍던 그 친구는 술자리에서 기십만 원을 아무렇지도 않게 쓸 수 있다. 가령 그 친구가 남성이고 회사에서 관리자급에 있다면 직원들, 특히 여성 직원들을 억지로 회식 자리에 앉혀놓고 "#팀장님최고예요" 같은 태그를 달아 SNS에 사진을 게재하게 할 것이다.

나는 『독서만담』을
이렇게 썼다

교사인 나는 늘 학생들에게 '노력'의 중요성을 역설한다. 천재
는 99퍼센트의 노력과 1퍼센트의 영감으로 만들어진다는 에디
슨의 격언을 귀에 박히도록 듣고 자란 세대다. 적어도 공부에서
만큼은 이 격언이 우리 세대에는 유효했다. 요즘은 사정이 많이
달라졌다. 부모의 사회 경제적인 위치가 학생들의 학력과 연관
이 높다.

 야구 팬들 사이에 '야잘잘'이란 말이 있다. '야구는 잘하는 선
수가 잘한다'라는 말의 준말이다. 대선수는 90퍼센트 이상이 타
고나고 일부가 노력으로 발전한다는 것이 정설이다. 글쓰기에
서도 사정은 비슷하다. 이름난 문필가의 부모 또한 문필가인 경
우가 허다하다. 글쓰기 재주의 유전자는 분명히 존재한다. 너무
절망하지 마시라. 타고난 글재주가 없다고 해서 작가가 되기를
포기하기에는 이르다. 좀 더 많은 노력이 필요하겠지만 아주 길
이 없는 것은 아니다.

굴곡이 많은 시대를 거친 대부분의 우리나라 사람은 누구나 자기 인생이 책으로 낼 수 있을 만큼 사연이 많다고 여긴다. 문학의 시대가 저물어가고 있지만, 여전히 신춘문예 경쟁률은 치열하며 글쓰기 강좌에는 사람들로 북적인다.

내 경험에 비추어 우선 책을 내자면 '돈 버는 일'을 제외하고 뭔가에 몰입하는 삶을 10년쯤은 살아야 한다. 뭔가에 미쳐야 한다. 나의 경우는 헌책과 희귀본 수집에 몰입했다. 특정 분야에 몰입하다 보면 일반 사람이 겪지 못하는 다양한, 독특한 경험을 하게 되는데 이것들이 책을 쓰는 데 더없이 좋은 소재가 된다.

나의 첫 책『오래된 새 책』(바이북스, 2011)은 형편없는 글솜씨와 완성도 높지 않은 편집, 처음 책을 내는 저자라는 한계에도 불구하고 주요 언론사로부터 호평을 받았고 책을 낸 지 열흘 만에 초판이 소진되었다. 다들 먹고사는 일에 몰두하다 보니 뭔가에 몰입해서 '이상한' 경험을 하는 이야기에 사람들은 호기심과 재미를 느낀다.

책을 내자면 글솜씨보다 '독특한 경험'이 우선이다. 자신만의 스토리가 있으면 미진한 글솜씨는 크게 문제가 되지 않는다. 외국인이 어설프게 한국말을 해도 우리가 미루어 짐작해서 이해하는 것과 비슷한 이치다. 중요한 것은 콘텐츠지 글솜씨가 아니다. 글을 쓸 때도 다른 사람의 피드백에 귀를 기울여야 한다. 『독서만담』을 읽고 재미나다는 독자가 많은데 나의 이런 문체는 사실 어느 독자의 한마디로 시작되었다. 3년 전 무심결에 어떤 글을 썼는데 페이스북 친구 한 분이 "지금까지 읽은 글 중에서 가장 재미났어요"라는 댓글을 달았다. 그 한마디로 나는 사람들이 재미있게 생각하는 글의 '코드'를 알게 되었다. 내 글의 '정체성'을 그 댓글 한 줄로 정했다.

자신의 글을 타인에게 보여주는 것을 부끄러워하거나 주저해서는 안 된다. SNS에 글을 게시해보라. 내 글을 다른 사람들에게 꾸준히 보여주는 것은 글쓰기 선생을 모시고 있는 것이나 다름없다. 비록 불특정 다수이기는 하지만 내게 귀한 조언을 해줄 수많은 독자와의 소통은 뒤로한 채 자아 도취되어 자기 글을 불황에 빠질 출판계를 구원해줄 불후의 명작이라고 생각하는 이들은 어서 생각을 바꾸어야 한다. 출판사 입장에서 당신의 글은 전혀 매력이 없는 스팸으로 분류될 뿐이다.

적금을 붓듯이 꾸준히 읽고 쓸 때

책을 쓰겠다고 원고지 1,000매를 단박에 채워나가는 것은 아무나 할 수 있는 일이 아니다. 매달 소액 적금을 붓듯이, 단골 매장의 적립금을 모으듯이 자신의 블로그나 SNS에 한 꼭지씩 올리는 것을 권한다.『독서만담』의 원고도 그렇게 완성되었다.

10권짜리 대하소설을 전질로 한꺼번에 사면 기가 죽어서 읽기 힘들다. 서점에 갈 때마다 한 권씩 사서 읽는 것이 좋다. 글쓰기도 마찬가지다. 잡지에 연재하듯이 블로그에 한두 편씩 공개해보자. 독자들의 반응에 따라 자신의 집필 방향을 결정할 수도 있기에 여러모로 좋다.

당연한 말이겠지만 작가가 되기 위해서는 책을 많이 읽어야 한다. 지식을 넓히기 위함이 아니다. 어휘력을 늘리기 위해서고, 자신의 기호에 맞는 표현법을 모방하기 위해서다. 소설가를 희망한다면 다른 사람의 소설을 통해서 이야기를 풀어나가는 구성법을 체득한다. 극적인 전개가 이루어지는 공식을 배운다.

『독서만담』은 책을 소개하는 책이기도 하다. 내 서재가 없었다면 이 책은 나올 수 없었다. 소개할 만한 책을 온라인 서점에서 찾는 것보다는 고개를 한번 돌려서 자기 서재의 면면을 살펴보는 쪽이 편리하다. 훌륭한 서재는 책을 쓰는 데에 필요한 하나의 연장이다. 책은 펜으로 쓰는 것이 아니고 자신의 서재와 경험으로 쓰는 것이다.

꾸준히 글을 쓰고 SNS나 블로그에 연재를 하다 보면 분명 기회는 온다. 출판사는 늘 좋은 원고에 목말라 있다. 섣불리 출판사에 원고를 기고하는 것보다는 조용히 자신만의 길을 걷다 보면 출판사에서 먼저 연락이 온다.

글을 쓸 때 억지로 짜내서는 안 된다. 대가가 아닌 이상 억지로 짜낸 글은 독자들에게 외면받는다. 단숨에 써나간 글이라야 독자들도 단숨에 읽는다. 글이 안 될 때는 산책을 해도 좋고 여건이 안 된다면 차라리 넋 놓는 편이 낫다. 문학이란 '자연스러운 감정의 발로'이지 '짜내는' 것이 아니다. 뭘 어떻게 써야 할지 모르겠고, 아이디어가 떠오르지 않을 때는 머릿속으로 차분히, 꾸준히 심지어 화장실에서도 구성을 해봐야 한다.

어느 정도 윤곽이 잡히면 그때 펜을 든다. 독서를 열심히 하고, 서재를 충분히 일궈놓으면 제품을 생산하기 위한 공장 설비를 마친 것과 다름없다. 일상 속에서 자기가 쓸 원고를 늘 생각하다 보면 아무것도 아닌 생활이 훌륭한 글감으로 다가온다.

굶주린 하이에나처럼 글감을 찾을 때

몇 날 며칠을 굶은 하이에나가 먹잇감을 노리듯 항상 일상에서 글감을 찾아내도록 세밀한 눈을 가져야 한다. 누구에게나 '재미있는 순간'은 찾아온다. 깨어 있는 눈을 가진 사람만이 아무것도 아닌 일상을 작품으로 만들어낸다.

참고로 잘못된 맞춤법은 교정 교열자가 잡아주겠지만 일정 수준은 갖추어야 한다. 문서 작성 프로그램의 맞춤법 기능을 믿지 마시라. 부산대학교에서 개발한 '한국어 맞춤법/문법검사기'를 이용해서 틀린 맞춤법을 상당 부분 걸러낸다. 이 사이트가 없었다면 아마 나의 편집자는 내 원고를 쓰레기통에 집어던져 버리고 싶은 충동에 시달렸을 것이다.

> **"**

나는 이렇게 쓴다

나에게 처음으로 글쓰기 비법을 알려준 이는 누나였다. 시를 써 오라는 숙제 때문에 '영감'을 영접하기 위해서 수행 중인 나에 게 "집에 있는 시집을 보고 단어 몇 개만 바꾸면 된단다"라는 비 법을 알려주었다. 피는 물보다 진하다는 것을 실감했다. 누나의 충고를 그대로 실천했다가 담임선생님에게 무수한 꿀밤을 선사 받았고 문예반에서는 하루 만에 쫓겨났다. 누나를 원망하지 않 았다. 하늘 아래 새로운 것은 없고 모방은 제2의 창작이라는 진 리를 '과도하게' 적용한 역효과였다.

그래도 역시 모방이 최고다

혹독한 시행착오를 겪은 나는 좀 더 주도면밀하게 누나의 충고 를 따랐다. 아무도 모를 것 같은 원전을 찾았고 좀 더 많은 단어 를 수정했다. 결과는 창대하였다. 동네 교회의 여름성경학교에 서 주최한 '성경 글짓기 대회'에서 우수상을 받았다.

3장 이렇게 쓴다   183

모방의 글짓기로는 불꽃같은 창작열을 만족시키지 못했다. 순수 창작으로 전향했고 더 나아가 글을 써서 돈을 벌기로 작정했다. 1988년 입대를 앞두고 채택되면 '소정의 상금'을 준다는 주간 신문의 광고를 접한 나는 '우리나라 정부는 북한보다 훨씬 잘 산다고 자랑하면서 왜 학급당 학생 수는 북한보다 훨씬 많으냐'는 요지의 글을 투고하였다. 영감이 사라지기 전에 후딱 마쳐야 한다는 압박감에 학생 수첩을 찢어서 휘갈겼다. 피를 토하는 심정으로 우리나라의 교육 현실을 '북조선'과 비교하여 비판한 나의 글은 몇 주 뒤 신문에 실렸다. 얼마 뒤 그들이 말한 '소정의 원고료'가 1만 원이라는 사실에 놀랐고, 나의 글씨를 해독해낸 기자의 투철한 직업 정신이 존경스러웠다. 지금 생각해보니 전형적인 '빨갱이'인 나를 감옥으로 끌고 가지 않은 노태우 대통령의 관대함도 놀랍다.

정체기를 겪었던 나의 글쓰기 실력은 인터넷 언론이 출현하면서 비약적으로 발전하기 시작했다. '쓰는' 시대가 아니고 키보드를 '두드리는' 시대가 오면서 '악필'이라는 나의 치명적인 단점도 자연스레 사라졌다.

독자를 매료하는 소재거리

글쓰기에 몰입해서 다작한 나머지 소재의 빈곤이 찾아왔다. 급기야 힘들게 잡은 '말똥구리'를 방생하기가 아까워 심심하면 다시 데리고 놀 작정으로 말똥구리의 입장에서는 '주식'으로 가득 찬 외양간에 두고 사육했다는 요지의 글을 한 인터넷 신문에 발표하기에 이른다. 제목은 〈인류 최초의 말똥구리 사육기〉였다. 관대한 오연호 사장님은 내게 원고료 1,000원을 하사하셨다. 기나긴 슬럼프가 시작되었다.

나를 격려해준 이는 아내였다. 글쓰기는 다양한 경험이 중요하다고 조언을 해주었다. 아내의 충고 때문인지는 확실치 않으나 그즈음부터 다양한 취미 생활을 시작했다. 테니스 라켓을 모았고, 절판본과 희귀본으로 서재를 채웠고, 새벽까지 친구들과 술자리를 나누면서 다양한 사람을 경험하였다.

아내의 충고는 누나의 것과는 달리 효험이 즉각 나타났다. 헌책과 희귀본 수집의 경험을 다룬 책을 냈기 때문이다. 개인의 독특한 경험이야말로 독자들을 매료하는 소재거리다. 글쓰기 실력은 차후 문제다. 좀 더 현란하고 유려한 문장을 쓰고 싶다면 많이 읽고, 많이 써보고, 많이 생각하는 것이 최선이다.

나는 이런 글쓰기를 지향한다. 아니 시도한다. 나는 게으름뱅이 이므로 복잡하고 실천하기 어려운 모호한 글쓰기 비법은 시도 하지 않는다. 기계적으로 따르기 쉬운 비법만을 추구한다. 다음 과 같은 간단한 원칙이 그것이다.

첫째, 접속사를 사용하지 않으려고 노력한다. 접속사를 사용 하면 문장에 힘이 없어지고 너저분해진다. 접속사를 사용하지 않더라도 독자들은 앞뒤 문맥을 통해서 충분히 맥락을 이해한 다. 『독서만담』을 쓸 때 이 규칙만은 꼭 지키려고 노력했는데 접 속사가 몇 개나 숨어 있는지 궁금하다.

둘째, 동사 '있다', 명사 '것', 의존명사 '수'를 되도록 사용하 지 않는다. 우리나라 글에서 가장 많이 사용되는 표현인데 글이 상투적으로 보이게 하는 신비한 마력을 지닌 것들이다. 이 녀석 들을 사용하지 않고 글을 쓰기란 상당히 어려운 일이었다. 가령 "필요할 수도 있다" 같은 구절을 보자. '수'와 '있다'가 같이 쓰 인 표현이다. "필요한 듯하다"로 하면 훨씬 간결하다. 다만 애써 이 표현을 쓰지 않으려다 보니 어떤 땐 문장이 더 어색해지기도 했다. 최대한 사용을 지양하고자 노력할 뿐이다.

셋째, 부사나 형용사를 최대한 사용하지 않는다. 역시 문장의 힘을 떨어뜨리고 진정성을 의심받게 하는 재주가 있는 녀석들이다. 이 또한 실천하기가 어렵고 또 어렵다. 두 번째와 세 번째 규칙은 실천하기가 어렵긴 하지만 시도해보면 결실은 거둔다. 소설가 김훈이 예전과는 달리 '쌍팔년도' 식 서술을 한다는 이유로 비판을 받기도 하지만 내가 꼭 배우고 싶은 면모가 접속사, 부사, 형용사를 거의 사용하지 않는다는 점이다. 접속사를 사용하지 않기는 비교적 쉽지만 부사와 형용사를 사용하지 않는 것은 초보 요리사가 조미료를 사용하지 않는 어려움과 비견될 만하다.

물론 이러한 규칙을 지켜 쓴다 해서 완성도 높은 글을 쓰리라는 보장도 없고, 백퍼센트 지키기도 어렵다. 다만 꾸준히 시도하다 보면 참신한 문장을 만드는 연습은 된다. 세상에 완벽한 문장, 완전한 글이란 없다. 단점을 줄여나갈 뿐이다. 나에게 『독서만담』은 좀 더 나은 글을 쓰기 위한 디딤돌에 지나지 않는다.

페이스북을 활용한 책 읽기와 글쓰기

정말 SNS는 인생의 낭비일까? 왜 아니겠는가. SNS 때문에 인생의 가장 밝은 곳에서 가장 어두운 나락으로 추락하는 사람의 예를 우린 매일 보다시피 한다. 가십거리가 될 만한 사고를 치지 않더라도 SNS에 지나치게 많은 시간을 할애하는 사람도 많다. 자신도 모르게 SNS에 빼앗기는 시간을 헤아려보면 놀랄 사람이 한둘이 아닐 것이다. 페이스북도 이런 문제 제기를 비켜 가지 못한다. 나도 개인 정보의 지나친 유출을 걱정해서 세 번이나 가입과 탈퇴를 반복한 경험이 있다.

내가 그러니까 세 번째 페이스북에 가입했을 때 50대 시인이자 페이스북의 인기남이 건넨 충고가 이랬다. "잘 활용하기만 하면 굉장히 좋은 매체예요. 너무 빠지지만 않으면요." 이게 정답이 아닐까. 너무 빠지지 않으면서 페이스북을 '잘 활용할 방법'을 생각해봤다.

출판 관계자들과의 교류

내가 페이스북을 생산적으로 활용할 방법은 좋아하는 '책 읽기'와 '글쓰기'에서 찾지 않으면 안 되었다. SNS는 일반적으로 독서로 대표되는 아날로그적 행위와는 반대되는 활동으로 생각을 한다. 그러나 페이스북 친구에 작가와 출판사 관계자가 하나둘 더해지면서 좀 더 적극적이고 깊이 있는 책 읽기가 가능해지겠다 싶었다. 독서가라면 평소 동경하던 작가와 '페친'이 되어서 책과 주변 이야기를 가끔 주고받는 일이 설레지 않을까? 적어도 내게는 그런 경험이 즐거웠다. 심지어는 책을 쓰면서 겪은 뒷이야기와 배경을 해당 작가에게 직접 듣는 즐거움도 누릴 수 있다. 내가 올린 게시물에 평소 존경하던 작가가 '좋아요'를 눌러주거나 칭찬 댓글을 남겨주었을 때의 기쁨은 SNS가 인생의 낭비라는 말이 절대 진리가 아니라고 생각하게 한다.

출판 관계자와 페친이 되는 일도 독서가로서는 즐거운 일이다. 출판 관계자 자체가 문인인 경우가 허다하며 책의 출간과 관련된 흥미롭지만 책에서는 읽지 못하는 재미있는 이야기를 듣는 경우가 많다. 그리고 다양한 신간의 출간 계획과 이벤트를 좀 더 빨리 접할 수 있는 점도 좋다.

페이스북을 통해서 책 읽기를 더욱 적극적으로 할 수 있는 방법으로 독서 클럽도 빼놓을 수 없다. 많은 클럽이 있지만 나는 '페친의책장'을 애호한다. 이 독서 클럽을 추천하게 되는 상황이 두 가지가 있다.

첫째, 서평이나 거창한 소개로 명사들의 책을 추천받아서 사면 의외로 실패 확률이 높다. 나의 경우도 그랬다. 책이라는 것도 취향에 따라서 호불호가 많이 갈리기 때문에 명사가 추천한 책이라고 해서 반드시 나에게도 재미나거나 감동적이리라는 보장은 없다. 그래서 나도 다른 사람에게 책을 추천하거나 선물하는 것을 조심스러워한다. 페친의책장 같은 독서 클럽에서는 명사가 아닌 일반인의 책장과 진솔한 서평을 보면서 나에게 맞는 책을 발견할 확률이 높다는 점에서 큰 매력이 있다.

둘째, 애서가들은 본디 타인의 책장을 호시탐탐 엿본다. 서가를 배경으로 한 TV 인터뷰 장면을 볼 때 내용보다 책장에 꽂힌 책들을 유심히 살펴보는 사람들이 애서가다. 그렇다. 타인의 책장을 훔쳐보는 애서가들의 취미는 영원한 불치병이다. 많은 책 중에서 추천하는 한두 권 외에도 의도치 않게 드러나는 책꽂이 책들의 면면은 바로 그 사람의 독서 취향 그 자체다. 페친의책장은 위 두 가지 유형의 독서가들이 겪는 애로 사항과 호기심을 잘

충족해준다.

페친의책장은 특별히 어떤 책을 추천하려는 의도 없이 다양한 부류의 사람의 책장을 공개한다. 다른 사람의 책장을 들여다보는 독서가들의 은밀한 취미 생활을 이보다 더 만족시켜주기도 어렵다. 역시 즐겁고 즐겁다. 그리고 다른 사람의 책장을 많이 들여다보면 자연스럽게 읽고 싶은 책이 생기기 마련이고, 그렇게 해서 장만한 책은 실패 확률이 낮다. 많은 사람의 책장을 살펴보면 독서 트렌드도 눈에 들어오고, 어느새 자생적인 책 고르기 능력이 갖춰진다.

페친의책장 같은 독서 클럽은 근거지가 인터넷이지만 오프라인의 독서 모임도 매주 이루어진다. 이게 또 매력적인 독서 프로그램이다. 매주 일요일 오후 조용한 찻집에서 만나 말 그대로 '천천히 자유롭게' 각자의 책을 읽는 모임이다. 규칙은 '스마트폰을 사용하지 말기'가 유일하다. 정해진 책도 없고, 매주 참석을 강요하지도 않는다. 편안하게 각자 읽고 싶은 책을 두 시간 동안 읽은 뒤, 간단한 소감을 다른 회원들과 공유한다. 상황에 따라서 간식을 먹고 헤어지기도 한다. 독서도 즐거워야 하는 취미 생활인데 너무 엄격하고 엄숙한 프로그램은 오히려 즐거움을 반감시킨다. 자신에게 맞는 클럽을 통해 얽매이기 싫어하지만 밀도 높은 독서를 즐기고 싶다면 이러한 프로그램에 참여하면 아주 좋다.

실시간으로 이루어지는 독자와의 소통

책을 읽는 것이 숨을 들이쉬는 행위라면 글 쓰는 행위는 숨을 내쉬는 행위다. 페이스북은 꽤 훌륭한 글쓰기 연습장이 될 수 있다. 물론 SNS에 긴 글을 남기지 말라고 충고하는 사람도 많지만 트위터처럼 애초에 게시물 길이가 정해져 있지 않은 이상 자신만의 호흡으로 긴 글을 남겨보는 것도 나쁘지 않다. 아무리 길어도 글의 내용이 좋으면 독자(페친)들은 주목하고 읽는다. 페이스북으로 글쓰기를 하는 또 다른 매력은 글쓰기가 고통스러운 일이 아닌 일상의 소소한 즐거움으로 자리매김할 수 있다는 점이다. 독자가 실시간으로 '랜덤하게' 기다리는 자신의 타임라인에 글을 써나가는 일은 누가 읽을지 알 수 없는 하얀 한글 화면에 미지의 독자를 향해 글을 써나가는 창작의 고통보다 훨씬 덜하다.

페이스북을 글쓰기 연습장으로 삼음으로써 얻는 가장 큰 이득은 즉각적인 독자의 피드백이다. 출간을 하기 전에 어떤 글을 독자들이 좋아하는지, 긴 글 중에 어떤 부분에 특히 공감하는지 알 수 있다. 베스트셀러도 아니고, 큰 주목을 받지도 못했지만 가족 간의 재미난 에피소드를 다룬 『그래도 명랑하라, 아저씨!』(바이북스, 2014)도 사실 내용의 대부분을 페이스북에 연재했고, 많은 페친의 격려와 피드백을 통해 얻어진 결과물이다.

"잘 활용하기만 하면 굉장히 좋은 매체예요. 너무 빠지지만 않으면요"라는 조언은 대단히 옳다. 만약 페이스북으로 이러저러한 폐해를 겪고 있다면, 잘못된 방법으로 사용하고 있지는 않은지 점검해보면 좋겠다. 이제 아날로그한 활동으로 여겨졌던 글쓰기, 독서 활동은 온라인이라는 디지털 세계로 옮겨왔다.

명강연은 아이들을
글 쓰게 한다

행정 구역은 포항에 속하지만 실제로는 경상북도 내륙 지방 청송에 가까운 학교에 부임하면서 내가 한 첫 번째 기획이 강원국 선생의 강연이었다. 학생들의 자기소개서 작성을 도와주다 보니 요즘 아이들의 글쓰기 실력이 거의 문맹에 가깝다는 사실을 알았기 때문이다. 당최 다른 사람에 대한 것도 아닌 자신의 생을 쓰는데 "어렸을 적부터 부모님의 사랑을 듬뿍 받고 자랐습니다"라는 한마디 외에는 아무것도 쓸 수 없다는 것이 이해가 되지 않았다. 우리 학교 학생들이 학업과 지적 생활에 소홀한 탓도 있겠지만, 성적과 무관하게 대체로 요즘 학생들의 글쓰기와 말하기 능력이 부족한 것은 엄연한 사실이다.

그래서 생각해낸 것이 글쓰기의 대가 강원국 선생과 청와대 대변인 출신의 윤태영 선생을 초청하는 것이었다. 그야말로 노무현 전 대통령의 글쓰기와 말하기를 사사받을 좋은 기회라 생각했다. 원래 기획은 두 분을 같은 날에 초청해서 말하기와 글쓰기의 사치를 누리게 하고 싶었는데 두 분의 바쁜 일정상 강원국 선생을 먼저 모셨다.

강연 기획은 야심차게 했지만

강원국 선생은 강의의 서두에 '글쓰기' 이야길 많이 하지 않으시겠다고 했다. 눈앞이 캄캄해졌다. 본교 학생들도 그렇지만 멀리 포항 시내에서 두메산골로 강원국 선생의 글쓰기 비결을 배우겠다고 찾아온 외부 교사와 학생 들의 실망이 크지 않겠냐는 생각이 들었다. 미리 우리 학교 학생들의 주의력 결핍증에 대해서 누누이 양해를 부탁드렸지만, 맹수들의 우리에 천진난만한 선생을 몰아둔 듯한 죄책감에 시달리기 시작했다.

역시 우려했던 대로 학생들의 주의가 산만했고 외부 청중들은 강연을 네 시간 동안 진행하겠다고 했더니 '매우 절망적인' 표정을 감추지 못했다. 아이들이 움직일 때마다 들리는 책상 삐걱거리는 소리가 마치 천둥소리처럼 느껴졌다. 우선 급한 대로 종이막대를 만들어서 딴짓을 하는 학생들을 응징하기 시작했다. 그러나 그것은 손바닥으로 하늘을 가리는 격에 지나지 않았다.

그 와중에 강원국 선생은 꿋꿋하게 '청와대 조직'에 대해서 설명하셨다. 우리 학교 학생들로 말하자면 '청와대'를 '청화대'

라고 쓸 놈이 더 많다. 곱게 살아온 강원국 선생을 사지에 몰아넣은 것 같아서 장이 꼬이는 듯한 고통을 느끼기 시작했다. 확실히 나는 이기적인 사람이다. 일단 나부터 살아야겠다는 욕심에 강연장을 슬며시 빠져나왔다.

물론 후배 교사에게 '딴짓하는 놈들을 철저히 응징하도록' 부탁을 했다. 강연이 국회 난장판처럼 되는 것만은 막아야 하지 않겠느냐고 말이다. 교무실에 내려와서도 좌불안석에서 벗어날 수 없었다. '시간아 빨리 가라'를 끊임없이 외쳤다.

동시에 나는 난폭한 청중에 시달린 강원국 선생에게 전해드릴 위로의 말씀 초안을 잡기 시작했다. 점심 식사 자리로 예약해둔 식당에 전화를 걸어 '최고급 삼겹살'을 엄선해서 준비하도록 주문해두었다. 심신이 피곤하면 입이라도 즐거워야 하지 않겠는가. 다음 달에 진행될 윤태영 선생의 강연도 걱정되기 시작했다. 강원국 선생은 건강하시기라도 하지만, 윤태영 선생은 건강마저 완전치 않았다. 참여정부가 자랑하는 두 보석을 포항 산골로 불러 만신창이를 만드는 역적이 될 수도 있겠다 싶어서 말 그대로 환장할 지경이었다.

고심 끝에 강의 세 시간, 질의 응답 한 시간, 총 네 시간으로 예정된 강의 일정을 질의·응답을 없앤 세 시간으로 진행하도록 수정했다. 차마 고전하는 강원국 선생을 볼 낯이 없어서 최전선에서 고군분투할 것이 분명한 후배 교사에게 수정한 일정을 전달했다. 강의도 제대로 듣지 않는 녀석들이 무슨 질문을 하겠는가 싶었다.

명강연은 아이들을 글 쓰게 한다

12시가 되었고 초췌한 표정의 강원국 선생을 봐야 했다. 그런데 이게 웬일인가. 강원국 선생의 표정은 썩어 있지 않았고 밝았다. 시골 한구석에서 근무하는 불쌍한 중생을 조금이라도 위로하기 위함이라 생각했다. 그런데 뒤이어 강연장을 나선 외부 손님들의 표정이 강원국 선생의 그것과 같았다. 사람이 행복하면 저런 표정이 나오는구나 싶었다. 강연이 너무 유익했고 재미났다는 것이다. 놀라운 일이었다.

이어서 강원국 선생의 저서 『대통령의 글쓰기』(메디치미디어, 2014)에 자필 서명을 받기 위한 줄이 이어졌다. 서명을 받는 것으로도 모자라 기념사진을 찍는데 나는 팔자에도 없는 사진사 노릇을 해야 했다. 강원국 선생의 저서와 서명을 받은 교사와 학생 들은 선생을 마치 아이돌 스타처럼 여기는 듯했다.

강원국 선생의 강의에 대한 찬사는 곧 도대체 어떻게 저런 명망 있고 훌륭한 분을 모시게 되었느냐는 나에 대한 경외심으로 이어졌다. '강의가 무척 고급지다' '오늘이 내 인생에서 가장 뜻깊은 날이었다' '오늘은 내 인생의 전환점이 될 것 같다'라는 강의 평이 이어졌다. 무려 새누리당의 당원이자 나경원 의원을 아끼는 행정실 직원은 우리 곁에서 전화를 받는 것처럼 얼쩡거리다가 수줍게 강원국 선생의 저서에 사인을 요청했고, 우리의 슈퍼스타 강원국 선생은 "김대중처럼, 노무현같이"라는 서명 문구로 화답하셨다. 외부 교사들은 그다음 이어질 윤태영 선생의 강연에 초청하지 않으면 가만있지 않겠다고 나에게 압력을 행사하셨으며 우리 학교 홈페이지에 강원국 선생의 강연에 대한 감동 후기를 남기시겠다고 했다. 강연 기획자가 생각지도 못한 아이디어를 내고 실천하는 고급스러운 청중이었다.

역사의 현장에 함께하지 못한 아쉬움을 품고 마지막 수업에 들어갔다. 중학교 2학년 애제자가 한 줄로 강연 후기를 요약했다.

"처음에는 조금 낯설었는데 후반으로 가면 갈수록 재미있었고 강연을 다 들으니까 아무 글이라도 꼭 쓰고 싶어졌다."

"

대통령 책사가 말하는
글쓰기 비법

고통스럽지만 2009년 5월의 노무현 전 대통령 영결식 조사를 상기해보자. 장례식을 치러내기 위한 한승수 전 국무총리의 '의례적인' 조사에 이어 노무현 대통령을 떠나보내는 것을 애통해하는 한명숙 전 국무총리의 '통한의' 조사가 이어졌을 때 많은 사람은 '조사는 이렇게 하는 것이다'라고 생각을 했다.

"얼마나 긴 고뇌의 밤을 보내셨습니까? 얼마나 힘이 드셨으면, 자전거 뒤에 태우고 봉하의 논두렁을 달리셨던, 그 어여쁜 손녀들을 두고 떠나셨습니까?"로 시작해서 "대통령님 죄송합니다. 사랑합니다. 행복했습니다. 대통령님 편안히 가십시오"로 마친 그 조사는 국민장으로 치러진 장례식의 모든 일정 중에서 그를 추모하는 이들의 눈시울을 가장 뜨겁게 달군 대목이었다. 이 조사를 쓴 이가 바로 윤태영 전 비서관이다.

국민의 반에게는 '우리나라 최초의 여성 대통령을 배출한 위대한 경사스러운 날'이며 '박정희 대통령의 따님이 대통령이 된

200

쾌거'였고 또 다른 반에게는 어쩌면 노무현 대통령의 서거 때보다 더한 절망을 안겨준 2012년 대선을 상기해보자. 결과에 관계없이 역사적인 선거 기간 동안 유난히 뇌리에 오랫동안 스며든 연설의 한 장면은 문재인 후보의 어눌한 입에서 나왔다. "기회는 평등할 것입니다. 과정은 공정할 것입니다. 결과는 정의로울 것입니다." 이 명연설을 쓴 이가 바로 윤태영 전 비서관이다.

이 두 개의 글은 결국 사람의 마음을 움직이고 감동시키는 글은 그럴듯한 미사여구가 아닌 살아 있는 생활 속 언어를 재료로 삼아야 하고, 윤태영의 글쓰기 방식이 우리 시대의 더할 나위 없는 글짓기 비법이라는 것을 증명하고도 남는다.

재능은 싸구려이며, 중요한 것은 훈련이다

'노무현 추억하기'로도 읽히는 『윤태영의 글쓰기 노트』(책담, 2014)는 노무현 전 대통령을 비롯한 여러 인물의 에피소드를 다양한 글쓰기 지침과 버무려놓은 작법 교재다. 이 책은 일찍이 어린 시절부터 글쓰기에 대한 칭찬을 전혀 듣지 못한 '문학청년' 지망생 저자가 번역으로 밥벌이를 하고, 정치권의 글쟁이를 거쳐서, 이제는 『기록』(책담, 2014)이라는 걸출한 저서를 남긴 글쓰기 선생이 되기까지 몸소 체득한 글쓰기 비법 75가지를 알려준다.

스포츠 세계에서 스타플레이어 출신의 감독이 의외로 성공하는 케이스가 많지 않다. 뉴욕 양키스의 조 토레나 삼성 라이온즈의 류중일 같은 예외적인 경우도 존재하지만 넥센 히어로스의 염경엽처럼 무명 선수 출신의 명감독이 많다. 전문가들은 그 이유를 이렇게 설명한다. 자신이 명선수였던 사람은 애초부터 타고난 재능이 워낙 탁월하여 '못하는' 선수들의 심정이나 상황을 이해하는 데 어려움을 겪는 반면 애초에 자신이 주목받지 못한 현역 생활을 거친 감독들은 선수들의 '눈높이'에 맞춘 지도력을 발휘할 확률이 높기 때문이다.

저자 윤태영도 마찬가지다. 문학청년을 지망하긴 했으나 재능은 타고나지 못한 그는 꾸준한 노력과 시행착오를 거쳐서 대통령의 연설비서관을 하고 우리 시대를 관통하는 명문장을 써낸 장본인이 되었다. "재능은 싸구려이며 중요한 것은 훈련"이라는 말의 훌륭한 예가 바로 윤태영이다. 그런 그가 '실용적이고 당장 처방이 가능한 글쓰기 비법'을 소유하게 된 것은 자연스러운 일이다. 그의 글쓰기 강좌는 지켜야 할 수칙도, 사례도 구체적이다. 김훈이나 김승옥의 소설에서 구해오기도 했지만 예문의 대부분은 그가 정치 글쟁이로 활동하면서 겪었던 글쓰기 실무 경험에서 따온다. 다음 네 가지로 축약되는 그의 75가지 글쓰기 노하우는 철저하게 실용적이며 구체적이다.

"글은 머리가 아니라 메모로 쓴다."

"'이름 모를 소녀' 따위의 불분명한 표현을 삼가라."

"접속사, 지나치게 의식하지 말자. 흐름을 중시하자."

"모든 것을 설명하지 말자. 욕심이 글을 지루하게 만든다."

좋은 소설을 따라 쓰면 내 글솜씨도 좋아진다

소설이야말로 훌륭한 글쓰기 교재라는 가르침에 나는 철저하게
동의한다. 좋은 소설을 읽고 그들을 흉내 내는 일이야말로 좋은
글쓰기의 첫 단추를 꿰는 일이라고 생각한다. 나의 경우에도 무
릎을 치게 하고 가슴을 울리는 명문장이 가득한 김훈이나 김승
옥 그리고 이문구 등의 소설을 읽을 때면 수첩을 곁에 두고 메모
를 한다. 메모한 문장이나 문투를 다음번 글을 쓸 때 한번 써먹겠
다는 생각에서인데, 여의치 않으면 그 문장을 써야 하는 상황을
만들어가면서까지 흉내 내야 속이 시원하다. 하늘 아래 새로운
것은 없다. 흉내 내다 보면 언젠가는 자신만의 독특한 어투와 글
솜씨를 발휘하게 된다고 믿는다.

『윤태영의 글쓰기 노트』는 고매한 학문의 깊이를 자랑하면서
도 제자의 함량을 고려하지 않는 저 높은 곳의 하늘 같은 스승이
아니다. 오히려 무서운 호랑이 선생의 송곳 같은 질문에 쩔쩔매

는 친구를 돕기 위해서 나지막한 속삭임으로 힌트를 주는 다정한 친구에 가깝다.

　나 역시 이 글을 쓸 때 접속사를 지나치게 의식하지 말고 흐름을 중시하라는 윤태영 선생의 충고대로 접속사를 사용하지 않았다.

매력적인 서평을 쓰는
7가지 방법

독서가 먹는 행위라면 서평 쓰기는 음식이 가지고 있는 영양분을 흡수하는 일이다. 책을 읽고 나서 꼭 뭔가를 해야 한다고는 생각하지 않는다. 독서는 숭고한 행위가 아니다. 독자에 따라서 시간 죽이기용이 될 수도 있고 수면제 대용으로 이용되기도 한다. 그저 책을 읽는 동안 즐거우면 그만이다. 나아가 책을 읽으면 당연히 독후감을 남겨야 한다는 생각에도 반대한다.

어떤 독자는 책을 읽고 나면 아무것도 생각나지 않는다고 하소연하기도 한다. 돈을 들여 책을 샀고 시간을 내서 읽었는데 아무것도 남는 것이 없어서 아쉽다는 것이다. 책을 읽은 것을 자랑하고 싶지는 않지만 뭔가 기록장 같은 흔적을 남기고 싶은 사람도 있다. 특히 학생이라면 그렇다. 이런 사람에게 서평은 중요하다. 서평 쓰기에 정답은 없다. 왕도도 없다. 일기처럼 자신만의 방식대로 쓰면 그만이다.

다만 서평을 다른 사람에게 보여야 한다면 사정은 달라진다. 온라인 서점의 홈페이지나 블로그 또는 인터넷 뉴스 매체에 싣는 경우 당신의 서평은 더 이상 혼자만의 글쓰기가 아니다. 그 서평을 읽는 사람에게 공감을 받고 되도록 많은 사람이 읽어야 하지 않겠는가.

서평도 진정성이 관건이다

좋은 서평을 쓰기 위해서는 우선 읽고 나서 좋았던 책에 관해서 써야 한다. 물건을 팔 때도 자기가 써보고 좋았던 것을 팔아야 결과가 좋은 법이다. 서평에도 진정성이 중요하다. 물론 기대와 달리 실망했던 책을 비판하는 서평도 중요하다. 다른 독자가 그 책을 사지 않게끔 방지해주지 않는가. 나의 경우는 읽고 나서 재미있고 감동적이고 새로운 지식을 주는 책에 대해서 서평을 쓰는 것이 더 즐거웠다. 즐거우니 좀 더 수월하게 쓰였다. 어떤 책을 읽고 나서 큰 감동과 재미를 느꼈다면 굳이 글쓰기 실력이 뛰어나지 않더라도 좋은 서평이 될 확률이 높다. 자신이 그 책을 읽고 나서 느낀 감정이나 변화를 있는 그대로 기술해도 충분히 다른 사람의 공감을 얻는다.

독자에게 필요한 정보를 담아야 한다

좋은 서평이 되기 위해서는 독자들에게 정보를 주어야 한다. 무작정 그 책이 좋다고만 한다면 설득력이 없다. 아내와 딸더러 예쁘다고 하면 어디가 예쁘냐는 질문을 되받듯이 서평을 쓸 때도 그 책이 좋으면 무엇이 좋은지를 밝혀야 한다. 책의 내용을 요약할 것까지는 없다. 특별히 감동적이었다거나 좋았던 구절을 인용하는 것만으로도 '책 광고하니?'라는 비아냥을 피해 갈 수 있다.

이 책은 참 좋다고 쓰지 말고 이 책은 이런 내용이 좋다고 써야 한다. 당신이 쓴 서평을 읽은 독자가 사소한 것이라도 새로운 지식이나 정보를 얻도록 해야 한다. 정보를 주지 않고 추상적인 칭찬만 늘어놓으면 책 장사가 되는 것이고, 정보를 주면 훌륭한 독서 멘토가 된다.

편안한 소재로 시작하면 좋다

생활 속의 에피소드로 시작하는 것이 좋다. 많은 사람이 서평은 딱딱하다고 생각한다. 틀린 말이 아니다. 누구나 겪을 수 있는 생활 속 에피소드로 서평을 시작한다면 읽는 사람들은 당신의 글에 쉽게 빠져든다. 물론 그 에피소드는 당신이 소개하려는 책과 어느 정도 연관이 있어야 하겠다. 요즘 독자들은 인내심이 뛰어나지 않다. 한두 줄 읽어보고 아니다 싶으면 더 이상 읽지 않는다. 물고기에게 미끼를 던지는 것처럼 당신이 쓴 글을 읽을 독자들에게 '편안한 소재'라는 미끼를 던져야 한다.

2할 정도는 단점을 적어야 한다

아무리 좋았던 책이라도 한두 가지 단점은 있다. 그것을 적어야 한다. 사실 나도 잘 실천하지 못하는 부분이다. 당신이 쓴 서평이 칭찬만으로 가득하면 독자들은 당신이 공정하지 않다고 생각하기 쉽다. 그 책을 낸 출판사와 인연이 있다든가 영업 담당자라고 생각할 수도 있다. 당신이 이 책만큼은 꼭 다른 사람이 읽으면 좋겠다는 생각이 들 때는 찬사 수준의 칭찬 8할에 사소한 비판 2할을 적어라. 사소한 비판이라면 가령 글자 크기가 너무 작다든가 사진이 좀 더 많으면 좋겠다 뭐 이런 것들이다. 그 책이 훌륭한 내용을 담고 있다는 본질을 깨뜨리지 않는 지적은 오히려 당신이 쓴 서평이 공정하다는 인상을 준다.

서평을 쓰고 싶다면 사서 읽어야 한다

서평을 쓸 책은 돈을 주고 사야 한다. 서평을 자주 쓰고 나름대로 인지도를 얻으면 저자나 출판사로부터 증정을 받는 일이 제법 있다. 나도 간혹 책을 증정받는데 이러면 객관적으로 서평을 쓰기가 힘들어진다. 책을 공짜로 준 사람에게 보답해야 한다는 중압감을 느낀다. 필요 이상으로 찬사를 해야 하고 그 책이 가지고 있는 단점에는 눈을 감게 된다. 결국, 당신은 독자들로부터 신뢰를 잃는다. 당신이 읽고 싶어서 돈을 주고 산 책이 당신에게 좋은 책일 가능성이 높고 그런 책에 대해서 글을 써야 좋은 서평이 된다.

독자가 가장 위대한 글쓰기 스승이다

독자들이 남긴 반응을 명심해야 한다. 물론 서평을 꾸준히 쓰는 것만으로도 글쓰기 실력이 향상되겠지만 독자들이 남긴 댓글이나 반응을 잘 살피면 더욱 효과적이다. 당신이 쓴 서평에 대해서 이해가 되지 않는 부분이 있다는 독자가 있으면 좀 더 정확하게 사실 관계를 전달하도록 노력해야겠고, 맞춤법을 지적받으면 감사히 여기고 그 부분에 신경을 많이 써야 한다. 독자가 가장 위대한 글쓰기 스승이다. 당신이 쓴 서평을 읽고 "좋은 책 소개해주셔서 감사합니다"라거나 "꼭 사서 읽어야겠어요"라는 반응이 많으면 좋은 서평을 썼다고 생각하면 된다. 서평가가 얻는 최고의 찬사다.

생활 언어로 쓰면 좋다

생활 속에서 자주 사용되는 말로 쓰면 좋다. 서평이라고 해서 어렵고 전문적인 말을 사용하려고 노력할 필요가 없다. 오히려 역효과가 날 뿐이다. 어렵고 긴 문장을 사용했다고 당신이 쓴 서평이 빛나는 것도 아니고 다른 사람에게 감동을 주지도 않는다. 생활 속에서 편안하게 사용되는 구체적인 말로 쓴 서평이 마음을 움직인다. 예를 들어서 이런 식이다. "이 책을 직장에서 읽는데 웃음을 참느라 허벅지를 꼬집어도 너무 꼬집었다." 일간지에 서평을 쓰는 기자가 아니라면 굳이 어려운 말로 쓸 필요가 없다.

파워라이터 24인이 말하는 글쓰기 팁

더 이상 글쓰기는 작가의 전유물이 아니다. 책이나 신문, 잡지 같은 전통적인 글쓰기 터전이 아니더라도 글을 쓰고만 싶다면 누구나 블로그, SNS 등에 글을 써 작가가 될 수 있는 시대다. 자연히 '글을 잘 쓰는 방법' 또한 작가의 독차지가 아닌 우리 모두의 고민이 되었다. 이것이 글쓰기 강좌, 글쓰기 방법론을 다룬 책이 인기를 모으고 있는 배경이다.

이제 소개하려는 글쓰기 팁은 『나는 작가가 되기로 했다』(메디치미디, 2015)를 개략한 것이다. 이 책은 인문학자, 법학자, 군사평론가, 셰프, 경제연구인, 진화심리학자 등 각 분야의 인기 작가, 즉 우리 시대의 '파워라이터 24인'의 글쓰기 방법론을 담고 있다. 이들 모두 전문적 글쓰기 교육을 받았다든지, 글쓰기 재능이 특출하다기보다 오롯이 스스로가 글쓰기라는 전투에서 습득한 노하우로 성공한 글쟁이들이기에 그들이 말하는 팁을 소개하는 건 남다른 의미가 있다.

그들에게 발견되는 공통 분모를 찾는다면 다음 아홉 가지로 요약할 수 있다.

글쟁이가 되려면 '비만'과 '변비'를 경계해야 한다

무슨 말인고 하니 독서가 아무리 좋다고 한들 읽기만 하고 '배설'을 하지 않으면 글쓰기에 전혀 도움이 되지 않는다. '배설'이라 함은 독서를 하고 나서 글을 쓰는 것을 말한다. 그래야 글쟁이가 될 수 있다. 일기 쓰기도 좋고, 개인 블로그 운영도 좋다. 숨을 들이쉬면 내쉬듯 책을 읽으면 글을 쓰는 행위를 습관으로 만들자.

글쟁이는 '메모'하는 사람이어야 한다

글쟁이가 가지고 있는 '머피의 법칙'이 있는데 중요한 아이디어는 꼭 운전을 하거나, 일을 하거나, 하다못해 화장실에서 볼일을 볼 때 떠오른다는 것이다. 수첩을 휴대하기 번거롭다면 스마트폰의 메모 기능을 이용하더라도 불현듯 떠오른 아이디어는 꼭 기록을 해야 한다. 글쓰기 아이디어는 마치 여름날의 소나기와 같아서 예고 없이 찾아와 불현듯 사라지기 때문이다.

고통스럽게 쓰되, 쉽게 읽혀야 한다

고통스럽게 글을 쓴다는 것은 여러 가지 상황을 의미한다. 한 권의 저서를 쓰기 위해서 수백 권의 관련서를 탐독한다든지, 도서관에서 몇 달을 죽치고 앉아서 자료를 수집한다든지, 수없이 퇴고를 반복한다든지 등이다. 그리고 무엇보다 누구라도 쉽게 읽을 수 있는 글을 쓰기 위해 분투하는 상황도 포함된다. 자신의 글을 이해할 수 있는 연령을 한 살 낮추기 위해서는 엄청난 고통이 뒤따른다. 작가는 모름지기 노인과 어린아이의 입맛을 모두 만족시키는 요리사가 되어야 한다. 나라와 취향을 넘나드는 퓨전 요리사라면 더욱 좋겠다. 그래야 뛰어난 글쟁이다.

자료 조사에 많은 시간을 투자해야 한다

어떤 글이든 자신의 경험이 밑바탕 되지 않고 머릿속 상상만으로 쓰기는 힘들다. 그런 글들은 책으로 나온다 해도 독자의 공감을 얻기 힘들다. 경험이 부족하다면 어떻게 해야 할까? 자료를 수집해야 한다. 조정래의 대하소설은 철저한 자료 조사에 의한 팩트에 근거를 두고 있다. 답사 여행과 자료 수집에 가장 철저한 작가 중의 한 명인 그는 『태백산맥』이 역사적 사실에 기초하지 않았다면 아마도 지금의 성공은 이뤄낼 수 없었을 것이라고 자인한 바 있다. 글쓰기의 8할은 자료 수집이 차지해야 한다.

자신만의 색깔이 중요하다

SNS가 일반인의 주된 글쓰기 창구라서 생긴 현상이겠으나 패션뿐만 아니라 글쓰기에도 트렌드가 있다고 투덜거리는 사람을 봤다. 무슨 말인고 하니 모두 문투와 사용하는 어휘가 비슷해서 분명 수백 명의 다른 사람의 글인데 읽고 나면 한 사람이 쓴 글인 줄 착각하겠더라는 이야기다. 우리 눈에는 똑같이 생긴 수천 마리의 야생 영양 떼가 귀신같이 자신의 새끼를 알아보는 것처럼, 좋은 작가는 설사 이름을 가리더라도 자신의 글임을 알아보는 독자가 많아야 한다. 글쟁이는 모름지기 고유한 문투와 이야기를 이끌어가는 방식을 끊임없이 찾고 발전시켜야 한다. 이 과정에서 만나는 타인의 불평이나 비판을 참아내야 한다.

자기 책의 독자를 3,000명쯤으로 설정해보자

적어도 책을 내는 작가라면 누구나 베스트셀러, 즉 수만 또는 수십만 명의 독자를 생각한다. 딱히 욕심이 있어서가 아니고 글을 쓰는 사람이 다수의 독자를 꿈꾸는 것이 인지상정이고 잘못된 생각도 아니다. 다만 너무 소수나 다수의 독자가 아닌 3,000명쯤의 독자가 자신의 책을 읽는다고 생각하면 독자들의 반응이 계산된다고 한다. 투수가 본격적으로 게임에 나가기 전에 가상의 타자를 세워두고 피칭 연습을 하듯이 작가도 반응이 어느 정도 계산 가능한 독자 수를 설정한다면 좀 더 흥미진진한 글쓰기 작업이 되리라.

글쟁이에게는 스승이 필요하다

스승이라고 해서 학교 선생님을 반드시 의미하지는 않는다. 책을 읽다 보면 글솜씨가 너무 훌륭해서 내 것으로 훔치고 싶은 글을 만나게 된다. 또 한 편이라도 이런 글을 쓸 수만 있다면 당장 죽어도 여한이 없겠다 싶은 작가를 만난다면 그가 바로 글쟁이에게는 롤모델이요 스승이다. 산 자일 수도 있고 죽은 자일 수도 있다. 그러나 생사가 문제가 되지 않는다. 그들이 남긴 가장 훌륭한 교과서, 즉 저서를 반복해서 읽고 흉내 낸다면 그들을 스승으로 모시고 있는 것이나 진배없다. 감탄한 문장을 흉내 내보고 자신의 것으로 조금씩 소화시키다 보면 글쓰기 실력도 비약적으로 발전할 수밖에 없다. 글쓰기의 왕도가 있다면 이 방법이 아닐까.

'서문'을 먼저 써보고 많은 책을 읽는다

실제로 다섯 권의 졸저를 낸 나의 경험은 이렇다. 책을 집필할 때 가장 큰 난제는 '서문'이었다. 서문 또는 머리말이란 한마디로 '당신은 왜 이 책을 썼나요?'라는 질문에 대한 대답이다. 희한하게도 원고를 마무리하고서도 서문을 쓰는 것이 그렇게 어렵더라는 이야기다. 필자 자신이 왜 이 책을 쓰려고 하는지 이유를 스스로 정리해야만 좋은 글이 나올 수 있다.

마지막으로, 글이라는 집을 지을 때 아무리 재료가 풍부하고, 집을 설계하는 재능이 뛰어나다고 하더라도 독서량이 부족하다면 그는 '연장통'이 없는 것이나 다름없다. 초등학교 때 문예반에 들어갔다가 함양 미달로 하루 만에 쫓겨난 나로서는 너무 늦게 알게 된 이 글쓰기 팁이 아쉽고도 반갑다.

필사적 필사

필사(筆寫)란 쉽게 말해서 주로 문장력 향상을 위해서 뛰어난 작가의 책을 옮겨 적는 일을 말한다. 필사가 과연 효과가 있는지 의견이 분분하지만 긴 역사를 자랑하는 필사를 여전히 많은 사람이 진행 중이다. 모순되게도 디지털 정보가 세상을 지배하는 요즘 오히려 더 아날로그 시대에 향수를 느끼는 이들이 많고, 필사도 그런 맥락에서 사랑받는다. 내 생각으로는 신을 믿는 자에게는 신이 존재하듯이 필사의 위력을 믿는 자에게는 분명 필사의 효과는 탁월하다. 소설가 신경숙의 경우 소설 『외딴방』(문학동네, 1999)의 소재가 되는 공장 근로자로 일할 때, 멈춰 선 컨베이어벨트에 앉아서 『난장이가 쏘아올린 작은 공』를 필사한 덕분에 고통스러운 시절을 참았고, 어른이 된 듯한 느낌을 받았다고 한다.

눈으로 보는 글과 한 글자 한 글자를 직접 손으로 옮겨 적을 때의 글은 분명 느낌이 다르다. 독서가 비행기를 타고 가면서 풍경을 구경하는 것이라면 필사는 걸으면서 주위 풍경을 천천히 살펴보는 것이다. 독서는 맛있는 요리를 눈으로 보고 군침을 흘리는 행위이지만, 필사는 그 음식을 입에 한가득 넣고 씹으면서 맛을 만끽하는 행위다.

아무래도 필사라고 하면 조정래의 일화를 빼놓지 못한다. 그는 10권으로 구성된 자기 소설 『태백산맥』을 아들과 며느리에게 필사하게 했는데, 막대한 저작권료를 상속받으려면 그 정도는 해야 하지 않겠느냐고 했단다. 그러나 내 생각엔 자식들에게 자신의 일생일대의 작품을 좀 더 자세히 읽히게 하기 위한 아버지의 깊은 사랑이다.

필사는 여전히 효험이 있다

수많은 사람이 생각하듯 나 역시 단기간에 문장력을 향상시키는 좋은 방법으로 필사만 한 게 없다고 믿는다. 필사를 함으로써 자신이 필사하는 작가의 심경과 의도, 심지어는 그가 소설을 이끌어나가는 방식을 배운다. 직접 그 작품의 저자가 되어 매 전개마다 저자의 생각과 자기 생각이 어떻게 다른지를 느낄뿐더러 저자와 서로 상의해서 다음 구절을 결정하는 경험을 한다. 비행기 조정석에서 원저자의 조언을 받아가면서 자신이 직접 조정을 해보는 놀라운 행복을 느낀다.

필사는 독자로 하여금 책을 천천히 읽는 습관을 선사한다. 필사를 하면서 각 단어와 문장을 흘려보내지 않고 음미하고 자기 것으로 체득하게 된다. 필사는 주로 인문서보다는 소설을 비롯한 문학 작품을 많이 한다. 소설을 필사함으로써 문맥을 잘 파악하는 동시에 저자의 독특한 어휘 사용 방법과 구성법을 온전히 자신의 피와 살로 만든다.

필사는 악필 교정에도 효과가 있다. 다섯 권의 책을 출간하고 주위 분들에게 증정할 기회가 많았는데, 내 악필 때문에 여간 불편한 게 아니었다. 컴퓨터가 없었다면 사회생활에 문제가 많을 만큼 악필인 나는 자필 서명본을 부탁받으면 전전긍긍한다. 심혈을 기울여 어렵사리 서명하고 인사말을 적고 나면 단 몇십 초 만에 이마에 땀방울이 맺히곤 한다. 느리게 천천히 필사를 하다 보면 글씨체는 자연스럽게 고쳐지고 마음이 산란할 때 차분해지는 수양 효과도 얻는다.

필사는 어떤 방법으로 하는가?

첫째, 필사는 자기가 좋아하는 책으로 해야 한다. 필사를 하려면 비교적 오랫동안 끼고 다니면서 단어 하나하나를 되새겨야 한다. 자신이 좋아하는 작가, 책, 분야를 선택해서 해야지 취향에 맞지 않는 책으로 필사를 해서는 안 된다. 어떤 책이 필사하기에 좋은지 묻지 말고 자신이 어떤 책을 좋아하는지 생각해 결정해야 한다.

둘째, 어떤 책을 읽기도 전에 필사를 하면 안 된다. 필사는 항상 읽고 나서 좋았고 감동 깊고 닮고 싶은 작가의 책으로 해야 한다. 처음 읽는 책을 필사한다면 어떤 문제가 생길까? 그 책이 흥미진진하다면 필사하는 속도는 도저히 호기심의 속도를 따라잡지 못한다. 아마 뒷이야기가 궁금해서 필사를 제대로 하지 않는다든지 필사 자체를 포기하기가 쉽다. 더구나 필사를 하는 중간 그 책이 도저히 재미가 없고 공감이 되지 않는다면 참으로 곤란해진다.

셋째, 필사는 '빽빽이' 숙제가 아니다. 학창 시절 선생님이 빽빽이 숙제를 내서 아무 생각 없이 연습장을 까맣게 채운 기억이 다들 있다. 빽빽이는 연필과 연습장만 낭비할 뿐 아무 의미가 없다. 영혼과 생각이 함께하지 않은 행동에 어떤 의미가 있기 어렵다. 필사는 근육을 키우는 운동과 비슷하다. 아무리 무거운 역기를 든다 해도 운동에 온 신경을 집중하지 않고 다른 생각을 한다면 운동 효과는 미약하며, 아무리 연필을 꾹꾹 눌러써가며 필사를 하더라도 문장과 낱말 그리고 글의 맥락을 마음속 깊이 음미하지 않는다면 '손가락 운동'에 지나지 않는다. 애꿎은 손가락만 아프고 종이 낭비만 할 뿐이다.

넷째, 필사는 연필이나 펜으로 눌러쓰면서 해야지 컴퓨터 자판으로 해서는 안 된다. 요즘엔 컴퓨터 자판 필사도 대안으로 제안되고 있지만 나는 반드시 손으로 직접 써야 한다고 믿는 쪽이다. 컴퓨터로 모든 일을 하는 추세인데 필사도 컴퓨터로 하면 안 되겠느냐는 생각이 어느 정도 이해는 된다. 컴퓨터로 하지 말라는 법은 없지만 타이핑은 본래 특성상 별생각 없이 하기 쉽고 키보드 두드리는 소리에 주의를 빼앗길 가능성이 많다. 필사를 하다 보면 특별히 감명 깊다거나 중요한 부분을 쓸 때 아무래도 획 하나를 긋더라도 힘을 싣기 마련인데 키보드로는 온몸에서 나오는 기운을 싣기 어렵다.

다섯째, 번역서는 필사하기에 좋지 않다. 필사의 근본 목적이 저자의 어휘 선택이나 표현법을 배우는 것인데, 번역본은 원저자의 것이 아닌 번역자의 어휘 선택과 표현법으로 이루어진다. 물론 훌륭한 번역가는 좋은 우리말 실력을 갖추었고 문장력 또한 대단하지만 결국 번역본을 필사한다면 그 번역가의 문체를 배우지 원저자의 문장력을 배우지는 못한다. 물론 특정 번역가의 문체를 배우고 싶다거나 외서의 내용을 깊이 음미하는 차원에서 필사해보고 싶다면 예외다.

여섯째, 필사는 꾸준히 오래 해야 한다. 필사가 단기적으로 문장력을 키우는 좋은 방법이기는 하나 단편 소설 한 편을 필사했다고 해서 당장 문장력이 향상되는 마법은 아니다. 운동을 해서 훌륭한 근육을 키우는 데도 몇 달이 걸리는데 하물며 지적 능력을 키우는 데 한두 달로 효과를 기대하는 욕심을 부리면 안 된다.

일곱째, 필사를 한다면 필사 노트 외에 별도의 노트를 마련해 추가 정리를 해야 한다. 필사를 하면서 발견한 기발한 표현이나 절묘한 어휘, 혹은 그 책에 대한 간단한 소감이나 줄거리 등을 기록하면 더욱 효과적이다. 마치 건강이 좋지 않은 사람이 약물에만 의존하기보다는 운동을 같이 해주면 더 큰 효과를 보듯이 필사도 정리 노트를 작성하면 상상 외로 효과적이다. 독서를 하지 않는 아이들이 가장 풀기 힘들어하는 영어 문제가 긴 내용을 한 문장으로 요약하는 과제다. 긴 내용을 요약하고 자기가 선택한 어휘로 자신의 목소리를 담아 쓰는 능력은 비단 시험 대비를 위해서뿐만 아니라 사회생활에서 맞닥뜨리는 여러 문제 상황을 핵심화하여 해결하는 데에도 큰 도움이 된다.

여덟째, 인내심이 부족한 사람은 시를 필사하자. 시는 여러 문학 장르 중에서 가장 난해하다. 시인의 생각과 느낌이 가장 짧게 압축되어 있기 때문이다. 그만큼 필사하는 사람이 많은 생각을 하도록 하는 고강도 훈련을 제공한다. 손 글씨를 오랫동안 쓸 여유가 없다든지 끈기가 없다면 하루에 한 편이라도 시를 필사해보자. 1년 동안 무려 365개의 시를 적고 감상하며 시인의 심상을 느낄 수 있지 않겠는가.

아홉째, 신문 기사나 사설도 좋은 필사 대상이다. 미디어 글은 대체로 매우 논리 정연하다. 신문 논설의 경우 신문사에서 경험이 많고 그 신문사를 대표할 만한 역량을 갖춘 사람이 작성한다. 더구나 일반적으로 일분일초에 쫓겨 작성하지도 않고 글쓴이가 총역량을 결집한다. 자기 성향과 맞는 신문사를 선택한 후 매일 정독하고 필사하면 논리 정연한 글을 배우는 데에 도움이 된다. 특히 논술을 앞둔 수험생에게는 훌륭한 공부법이다. 굳이 비싼 돈을 들여서 논술 과외를 받기보다는 이 방법이 훨씬 효과적이다.

어떤 책을 필사해야 할까?

보통 사람들의 입에 자주 오르는 책은 조세희의 『난장이가 쏘아 올린 작은 공』, 조정래의 『태백산맥』, 박경리의 『토지』, 김승옥의 『무진기행』, 김훈의 『칼의 노래』와 『화장』, 이청준과 오정희의 소설을 비롯해 백석의 시 정도다. 다만 내 생각으로는 독자 개인별로 자기 세대를 대변해주는 스토리텔러의 책이 좋다. 나이가 들수록 자신들 시대의 추억은 구시대 유물로 취급당하기 쉽다. '촌스럽다'는 평도 덤으로 받아야 한다. 그러나 문학의 세계에서는 자기 시대 이야기가 구시대 유물이 아닌 소중한 추억으로 되살아난다. 심신의학의 창시자 디팩 초프라는 그의 저서 『사람은 늙지 않는다』(정신세계사, 1994)에서 노인에게 자신의 젊은 시절이 고스란히 현재 상황처럼 꾸며진 환경에서 지내게 했더니 마음뿐만 아니라 육체 능력까지도 젊은 시절의 수치로 되돌아간다는 놀라운 시험 결과를 보여주었다. 그런 면에서 자기 시대를 뛰어난 문장력으로 담아낸 좋은 작가가 있다면 큰 복을 받은 셈이다.

필사할 때 어떤 도구가 필요할까?

연필과 볼펜: 손 글씨로 필사할 때 필기구를 가장 먼저 고민하게 되는데 대체로 연필, 볼펜, 만년필 사이에서 갈등한다. 나는 연필을 선호한다. 존 업다이크는 세상에서 가장 겸손하고 조용한 무기가 바로 연필이라고 했다. 볼펜은 아무래도 볼(ball)로 된 심의 특성상 부드럽게 써지지만 종종 의도하지 않게 앞서 나가 써지는 부작용이 있다. 만년필은 아날로그 특유의 정취와 기품이 있지만 여간 조심하지 않으면 잉크가 번지는 악순환을 피하기 어렵다. 만년필로 하는 필사는 태생적으로 깔끔하고 꼼꼼한 성격의 소유자에게 적합하다. 연필로 하면 언제든 지우개로 지우고

다시 쓰기가 가능하다. 혹시 연필로 쓴 글씨는 시간이 지나면서 지워지지 않느냐는 우려를 한다면 그야말로 쓸데없는 걱정이다. 내가 1987년에 싸구려 샤프로 쓴 필기 흔적이 지금까지 너무나 생생히 살아남았다. 연필은 국산도 품질이 좋아서 딱히 종류를 고민할 필요는 없다. 그러나 연필로 호사를 누려보고 싶다면 '그라폰 NEW No.3 데스크 펜슬'이 아마 연필계의 루이비통이라고 할 만한 가격이니 참고하기 바란다. 삼나무로 만들었다는 이 연필의 가격은 자루당 무려 13,000원 정도인데, 물론 나는 한 번도 사용해보지 않았다.

연필의 대명사 '파버카스텔'을 제외하고 최근 새롭게 내가 주목하는 연필은 '팔로미노 블랙윙'으로 전설의 연필이라는 명성을 자랑한다. 전설의 명품인 블랙윙을 철저히 조사한 끝에 팔로미노라는 브랜드를 소유한 미국 필기구 회사가 블랙윙을 재현한 연필이 팔로미노 블랙윙이다. 향나무 소재의 이 연필은 고급스러움의 극치를 자랑하며 연필 끝에 달린 납작한 모양의 지우개가 독특하다. 지우개를 분리하고 새것으로 교체하도록 해서 연필에 딸린 지우개계에 신개념을 도입하기도 했다. 연필을 쓰다 보면 지우개가 금방 닳아서 곤란해지는데 이 연필은 그런 상황에 대비한 섬세함이 돋보인다. 그러나 대체로 지우개 품질은 낮다. 무게 중심도 지우개 쪽으로 치우쳐 있어 사용자에 따라서는 호불호가 갈린다. 그러나 한눈에 봐도 고급스럽고 필기감이 부드러운 데다 연필심 또한 진한 편이라 필사에 좋다. 한 다스에 24,000원가량이니 제법 비싸다.

연필을 사용하고 구매할 때 주의할 점은 반드시 연필 캡을 함께 사야 한다는 점이다. 연필의 생명은 심인데 볼펜처럼 휴대하다가는 심이 금방 부러진다. 연필 사용자는 잘 안다. 한번 연필깎이로 깎을 때마다 연필이 얼마나 짧아지는지. 그래서 연필깎이 전용 칼을 사용하는 사람도 있다. 어쨌든 불의의 사고로 연필심이 부러지는 사태를 막기 위해서 연필 캡을 구매하면 좋다.

몽당연필을 활용하기 위해서는 '연필깍지', 즉 펜슬 홀더라는 물건도 구비해야 한다. 연필을 오래 사용하는 사람에게 매우 유용하고 꼭 필요한 물건이다. 이런 물건들은 온라인 문구 전문점이나 교보문고의 핫트랙스에서 구한다.

볼펜으로 필사하는 이에게는 '제트스트림 1.0'을 권한다. 부드러움과 진함의 극치를 자랑한다. 유일한 단점은 이 볼펜에 맛들이면 다른 볼펜을 사용하지 못하며, 잉크가 빨리 소진된다는 점뿐이다. 손 글씨를 어지간히 싫어하는 나도 제트스트림 1.0이라면 뭔가 쓰고 싶은 충동을 이기지 못한다. 답안지를 길게 작성해야 하는 고시생을 비롯한 학생에게도 정말 좋은 볼펜이다. 필사뿐만 아니라 필기량이 많은 모든 이에게 권한다.

연필깎이: 별로 중요한 물건이라는 생각을 하지 않는데 막상 없으면 매우 곤란한 물건이 있기 마련이다. 연필깎이가 딱 그렇다. 연필과 연필깎이는 실과 바늘의 관계다. 기관차 모양의 '샤파' 연필깎이를 많이들 사용하는데 평균 이상의 품질을 자랑한다. 게다 가격도 저렴해서 권할 만하다. 조금 고급스러운 취향으로 간다면 'Carl Angel-5'를 권한다. 묵직하고 견고해서 최상급 연필깎이라고 인정할 만하다. 조금 고풍스러운 분위기가 있어서 장식품으로도 사용 가능한 연필깎이를 찾는다면 '보스턴 연필깎이'를 권한다. 미국은 OMR카드를 사용할 때 연필로 표시한다고 한다. 대학생도 연필을 많이 사용하는데 미국 대학의 강의실 벽에는 종종 보스턴 연필깎이가 설치되어 있다고. 다양한 굵기의 연필에 대비해 구멍이 여러 개 있고 무엇보다 연필을 고정한 자국과 흠집을 남기지 않아 좋은 제품이다.

메모장과 노트: 미국의 명강사이자 작가인 주디 리브스는 사랑하는 사람에게 입을 맞추고 포옹하는 순간에도 그의 목선과 등 근육을 기록하라고 했다. 기록이야말로 작가에게 가장 필요한 덕목이다. 따라서 마치 다람쥐가 겨울의 양식을 모아가듯이 순간적인 아이디어를 기록하고 메모를 해나가야 한다. 자연히 독서를 좋아하는 사람뿐만 아니라 글쓰기를 지망하는 모든 사람에

게 메모장과 노트는 중요한 도구가 된다.

나는 첫 책『오래된 새 책』을 집필할 때만 해도 노트를 사용하지 않았는데 이 책을 집필하면서부터 메모장과 노트를 애용한다. 급기야 이제는 노트를 사용하지 않고서는 글쓰기를 상상하기 어렵다. 어지간한 IT 기기 마니아인 내가 책상을 떠날 때 노트북 컴퓨터와 노트 중에서 하나를 골라야 할 상황일 때는 어김없이 노트를 집어 든다는 사실을 말하면 적잖이들 놀란다. 노트는 가볍고 전원이 필요 없으며, 언제 찾아올지 모르는 아이디어를 옮겨 적는 데 편리하다. 반대로 노트북 컴퓨터는 전력이 필요할 뿐 아니라, 전원을 켜다 아이디어가 휘발될 우려도 있다.

필사를 하는 이의 노트는 가급적 하드커버가 좋다. 아무래도 오래 만지고 자주 들추어 보니 튼튼해야 한다. 나는 '로디아 웹 노트 라지'를 애용하는데 어디를 가거나 함께한다. 이 노트는 필기하기에 매우 편한 재질, 부드럽지만 오래가는 인조 가죽 재질의 커버, 노트가 벌어지지 않게 고정하는 고무 밴드에 이르기까지 정말 모든 면이 사랑스럽다. 단편 소설 이상의 분량을 필사할 수 없다는 단점이 있지만 내가 적지 않은 나이에 처음으로 메모와 필기의 즐거움을 알게 해준 고마운 노트다.

4장

사람들이
저보고
작가라네요

작가라는
인생의 서브타이틀

출판 시장의 사정과 출간을 하려는 사람의 수는 반비례하는 듯하다. 출판사 사장들의 고충을 듣곤 하는데 가장 흔한 내용은 물론 책이 팔리지 않는다는 것이다. 출간을 의뢰하는 원고가 너무 많아서 일일이 읽고 답장을 보내는 것이 힘들다는 것도 순위권에 들어간다. 책은 팔리지 않는데 책 출간하는 방법을 알려주는 강의를 찾는 사람은 많다. 심지어는 '책 출간하는 방법'을 가르치는 강사가 출간을 의뢰할 때 300권 정도는 저자가 구매하겠다고 말하는 것이 도움이 된다고 가르쳤는지 유독 '300권'을 구매하겠다는 출간 의뢰가 많다는 이야기도 들었다.

나의 첫 사회적 글쓰기

많은 사람이 자신의 인생을 '책 한 권'에 비유한다. 자신이 살아온 행적이 대하소설이라고도 생각한다. 어쩌면 자기 이름으로 책을 내고 싶다는 생각은 자연스러운 일인지도 모르겠다. 저자가 되고 싶다는 생각은 특별한 욕망도 아니고 특출 난 사람만 하는 것도 아니다. 마치 이런 것이다. 미식가가 자신이 직접 식당을 개업하고, 패션에 관심이 많은 사람이 직접 옷을 디자인해서 만들어 입고 싶다는 생각을 하는 것과 같다. 의외로 많은 사람이 죽기 전에 자신의 이름으로 된 책을 한 권 내는 것을 소원 중 하나로 여긴다.

나의 첫 사회적 글쓰기는 1988년 대학생 시절로 거슬러 올라간다. 신문사에 투고해서 채택되면 '소정의 원고료'를 준다는 광고에 혹해서 원고를 보냈다. 신나게 글을 쓰긴 했는데 10리 거리에 있는 면 소재지로 달려가 우편으로 보내야 했고, 실제로 원고가 신문에 실린 것은 두어 달 뒤였다. 내 글쓰기 관점에서 보자면 그로부터 불과 12년 뒤에 다른 세상이 열렸다.

원고를 종이에 써서 우편으로 보내는 수고를 하지 않고 인터넷에서 글을 써서 바로 송고하는 세상이 온 것이다. 한 매체에 열심히, 재미나게 글을 썼는데 내 글을 보고 책을 내자는 출판사가 연락해왔다. 그 당시도 출판계가 어렵긴 했던 모양이다. 출판사 사장이라고 나를 만나러 왔는데 행색이 '나 어렵게 살고 있소'라고 말했다. 밥도 사고 기사 노릇도 해주었다. 나 역시 저자가 된다는 생각만 해도 가슴이 설렜기 때문이다.

출판사 사장이 요구한 대로 원고를 정리하는데 갑자기 출간을 못 하겠다고 연락이 왔다. 출판사를 접고 모 경제 신문사가 운영하는 출판부의 사장으로 가게 되었단다. 그는 내가 혹시 손해배상청구라도 할 수 있겠다고 생각했는지 '우리는 출간 계약서를 작성하지 않았다'라고 묻지도 않은 말을 했다.

얼마 뒤에 출판사 사장의 후배라는 사람이 선배의 출판사를 물려받았다면서 연락이 왔다. 출간을 진행하긴 하겠지만 책을 내게 되면 300만 원어치는 내가 구매를 해줬으면 좋겠단다(아무래도 300이라는 숫자와 출판계는 인연이 깊은 듯하다). 그 말을 들은 나는 선배에게 해주고 싶었던 욕과 후배에게 해줄 욕을 합쳐서 한꺼번에 들려주었고 다시는 출간 따위는 생각지 않겠다고 맹세를 했다. 말하자면 첫 책을 내기도 전에 출판계의 어두운 면을 제대로 맛본 것이다.

비루하고 거친 현실을 딛고

다시는 출판계와 상종하지 않겠다 맹세하고 불과 몇 달 뒤에 또 다른 출판사가 연락을 해왔다. 맹세 따윈 금세 잊어버리고 출판사 사무실이 있다는 서울에 갔다. 우선 출판사 사무실이 존재한다는 것을 확인하였으며 출판사 사장님이 건물 지하에 있는 식당에서 밥도 사주었다. 그날 출판 계약을 하고 이듬해 나온 내 인생 첫 책이『오래된 새 책』이다.

공식적인 나의 첫 책은 이렇게 비루하고도 거친 현실을 딛고서 나왔다. 번듯하게 나온 책을 보면 독자가 이런 이면을 눈치채기란 어렵다. 글을 읽고, 쓰고, 책을 낸다는 건 우리 생각만큼 고상하기만 한 일은 분명 아니다. 하지만 꾸준히 내 경험과 관심 분야에 관해 글을 써왔고, 그것이 밑바탕이 되어 '작가'라는 인생의 서브타이틀을 달게 되었다. 여전히 사람들이 나보고 작가라고 할 때마다 놀라곤 한다. 그렇지만 분명 나의 인생은, 아니 나의 일상은 그 서브타이틀을 달면서부터 더욱 풍요로워졌다. 똑같이 직장생활을 하고, 똑같이 가장의 역할을 하고, 똑같이 친구들을 만나는데도 세상을 보는 시야가 더욱 넓어졌고, 내가 처한 상황과 만나는 사람들을 좀 더 세밀하게 관찰하게 되었다. 그러다 보니 이렇게 시골 학교에서 근무하는데도 넓디넓은 세상을 경험하는 듯한 기분이다. 이러한 변화의 순간을 인지할 때마다 출판계와 다시는 관계를 맺지 않으리라던 맹세를, 그토록 쉬이 저버린 내가 그렇게도 대견할 수가 없다.

"

글쓰기와 보살님

몇 해 전 난생처음 철학관을 찾았다. 사람들이 철학관을 찾는 이유라고 해봐야 중국집 메뉴 종류 정도로 분류되지 않을까. 수없이 많은 사람이 뻔한 이유로 철학관을 찾는다는 말이다. 다만 나는 물건을 사든 어떤 일을 하든 내가 모르는 분야는 절대로 머릿속으로 결정하지 않는다. 온·오프라인을 가리지 않고 자문을 구한다. 마침 친구 중에 사업을 해서 '운세'에 민감한 놈이 있어 물어봤더니 역시나 시원한 답이 나온다.

신내림을 받은 지 얼마 되지 않은 여성 무속인에서부터 70대 노인 철학인에 이르기까지 그가 가진 정보는 방대했고 아내와 나는 그중 동네에 있는 철학원을 선택했다. 우리는 왜인지 모르겠으나 누구 보란 듯이 잘 차려입고서 약속 시간에 철학관의 문을 두드렸다. 돈 아깝게 뭐 하러 점을 보느냐며 타박을 하는 딸아이를 뒤로하고 말이다.

철학관 간판을 내걸기는 했지만 보통 사람이 생각하는 것처럼 거창한 인테리어로 장식돼 있지는 않았다. 게다 사주를 보는 할아버지는 푸근한 외모에 친근한 말투를 구사하는 분이었다. 심지어 요즘 아이들이 잘 사용하는 "아니거든요"라는 표현도 사용하는 귀여운 구석을 보였다.

처음에 우리는 철학관에 가는 사람들이 의례적으로 주고받는 질문과 답변을 나누었고, 화제는 딸아이로 넘어갔다. 그는 우리 딸아이를 대표하는 아이덴티티를 정확히 짚어내 감탄하게 했는데 실사구시의 이념으로 똘똘 뭉친 듯한 노인은 딸아이의 입시 지도까지 상세히 해주었다. 말하자면 관내 고등학교 중에서 어느 학교를 보낼 것이며 장차 대학에서 어떤 전공을 하면 좋을지까지 꼼꼼히 알려주셨다.

덧붙여 딸아이를 어떤 태도로 대할지, 그 아이가 어떤 불만을 우리 부부에게 품고 있는지도 말씀하셨는데, 우리 부부는 절로 공감되어 연신 고개를 끄덕였다. 말하자면 명색이 부부 교사가 무남독녀 자녀를 지도할 방법을 안내받고, 그 아이의 입시 컨설팅까지 철학관 노인에게 받은 셈이다.

노인의 이야기가 길어졌고 우리 부부의 시시콜콜한 질문도 이어졌다. 우리는 그의 시간을 너무 많이 빼앗은 듯해 미안했고 시간이 흐를수록 불편해졌다. 결국 별스러운 대화를 나눈 것 같지도 않은 찜찜한 기분을 안고 서둘러 상담을 마무리했다. 철학관을 나서는데 노인은 앞으로 예약을 할 때 '○○동에 사는 부부 교사'라고 밝혀달라 말했다.

서둘러 철학관 문을 나선 아내는 꼭 하고 싶은 질문이 있었는데 내가 서두르는 바람에 묻지 못했다고 안타까워했다. 그 질문이 뭐였냐고 물었더니 '이사를 한다면 어떤 동네로 가면 좋겠냐'는 것. 아내에게는 미안하지만 나는 개인적 궁금증을 해소했다. 자칫하다간 강제로 절필당할 만한 마지막 질문은 이랬다.

"선생님, 제가 다른 재주는 없고 글을 쓰고 책을 내곤 하는데 이 일을 계속해도 될까요?"

"

작가의 '가오'

어느 날이었다. 운전 중인데 메신저 알림음이 들렸다. 궁금한 것을 못 참는 성격이라 정차를 하고 메시지를 읽었다. 사촌 지간이지만 한때 한방에서 같이 산 친동생이나 다름없는 녀석이 보냈다. 내가 쓴 책 제목 아래에 '재고 없음'이란 문구가 보이는 전표를 사진으로 찍어 보낸 것이다. 녀석은 제수씨가 도서관 직원인데도 책을 읽지 않고, 심지어 본인이 다니는 회사 회장이 쓴 저서도 읽지 않는다.

친족 중에서 유일하게 SNS 친구 사이로 지내는 제 누나에게 내 책의 출간 소식을 들은 모양이었다. '지나가다' 들른 서점이 하필이면 책을 낸 출판사와 거래를 하지 않는 곳이었다. 이 녀석이 일삼아 다른 서점을 찾을 리가 없었다. 다시 찾지 않을 게 분명한 고객에게 서점 직원이 과도한 친절을 베풀지 않듯이 나 역시 내 책을 사지 않는 녀석과 길게 이야기하고 싶지 않았다.

재고 없음의 이유

다만 전화를 끊고 나서도 뭔가 찜찜했다. 망설이다가 이 한 가지만은 정리를 해둘 필요가 있어서 전화를 걸었다. 마음 같아서는 '내 책이 요새 너무 잘 팔려서 그런가 보다'라고 말하고 싶었지만 지나친 과장은 본연의 진실마저 퇴색시킨다. '도매상의 부도와 관련된 책의 유통 변화로 인한 '재고 없음'의 이유를 잠깐 설명했더니 그래도 법을 전공했다는 놈이 "책 낸 지가 얼마나 됐다고 출판사가 망하면 어떡해?"란다. 도매상이 망했다는데도 출판사가 망한 줄 안다. 버럭 화가 났지만, 녀석을 붙잡고 기본 영어를 가르쳤던 시절을 떠올리며 다시 설명을 해주었다. 출판사가 망한 것이 아님을 이해시키는 데 성공했다. 나는 하고 싶었던 말을 대차게 이어갔다.

'너희들의 코 묻은 돈으로 책을 팔고 싶지 않다' '작가의 가오가 있다' '다시 말하지만 내 책을 사지 마라'. 녀석은 나의 호통에 감탄하는 눈치였다. 어차피 내 책을 살 놈이 아닌데 체면이라도 살리고 싶었다. 화제를 돌려 녀석이 나에게는 작은아버지 되시는 자신 부친의 기일에 참석하겠냐고 묻는다. 이미 알고 있지만 굳이 날짜를 다시 물었다. 잠시 뜸을 들인 다음, 그날 '외부 일정'이 없으니 참석하겠다고 일러두었다.

다시 한번 '작가의 가오'에 경의를 표한 녀석이 기어 들어가는 소리로 "형이 이번에 낸 책은 누나가 사서 보내줘서 가지고 있고, 지인들에게 선물로 돌리려고 몇 권 사려고 했어"란다. 통화 종료 버튼을 누르려던 손가락을 급하게 멈추는 데 성공했다. 잠깐의 침묵이 흘렀다.

"아 그랬니, 네가 꼭 사겠다면 인터넷 서점을 이용해라. 거긴 재고가 있어."

이 두 마디를 귀찮다는 듯이, 지나가는 말인 듯 내뱉었고 "어, 알겠어. 형"이라는 대답을 듣고서야 전화를 끊었다.

고료를 받고
글을 쓴다는 것

중학교 다닐 때 방학이 되면 담임선생님은 『방학생활』이라는 교재를 나눠주셨다. 읽을거리도 있고 학습 내용도 있는 책인데 읽을 만한 책이 마땅치 않은 시골에서 꽤나 재미나게 보았다. 그 책에 실렸던 학습 만화가 생각난다.

내 또래의 학생이 방학 내내 숙제는 하지 않고 놀다가 개학 하루 전 연필을 들고 숙제를 시작하는 시늉을 한 다음 친구에게 자랑스럽게 "숙제의 반은 했어"라고 자랑한다. 의아한 친구가 그게 무슨 말이냐고 되물었을 때 그는 "○○이 반이라는 속담이 있잖아"라고 말한다.

속담의 용례를 설명하기 위한 만화였는데 멍청하게도 나는 정답을 알지 못했다. '시작'이라는 정답을 스스로 알게 된 것은 한참 뒤였다. 어떤 일이든지 시작하기가 그만큼 어렵고 시작을 했다는 것만으로도 큰일을 했다는 뜻일 게다.

일상을 유지하는 글쓰기

취미로 시작한 글쓰기가 '계약'을 한 글쓰기가 되어버린, 재미나게 하고 싶어서 한 일이 하기 싫어도 해야 하는 의무로 바뀌어버린 처지에서 생각해보면 "시작이 반이다"라는 속담은 글쓰기에도 적용된다. 일정 고료를 받고 잡지 연재 원고를 쓸 때 화면에 펼쳐진 A4 용지 크기의 한글 화면은 카드 대금 청구서만큼이나 무섭다. 나는 주말부부인데 금요일 오후면 도스토옙스키에 대한 한 꼭지의 글을 쓰는 데 필요한 참고 서적을 가방이 터질세라 넣어서 본가로 갔고, 일요일 저녁이면 그 가방을 고스란히 들고 다시 학교로 향했다. 주말에 편안하게 써야 한다는 생각과 주말에는 가족과 함께 쉬고 글은 평일 저녁에 써야겠다는 생각은 근 두 달 동안이나 실행되지 못했다.

원대한 포부를 품고 여름 방학을 맞이했는데 전기 요금이 무서워서 에어컨을 켜지 못하니 더워서 글을 쓰지 못했고, 노트북을 사용할 수 있는 도서관 열람실을 가봤으나 책상이 너무 좁아서 글을 쓰지 못했고, 집 앞 독서실에 가려 생각해봤는데 노트북을 두드리는 소리는 민폐일 테니 그것도 안 되는 일이었다.

예전에 한 작가가 글을 쓰겠다며 본가에서 나와 따로 오피스텔에서 지냈다는 말을 들었을 땐 뭘 또 그렇게까지 하나 싶었는데, 퇴직을 하면 조그만 원룸이라도 구해 나만의 작업실을 구하는 것이 꿈이 되었다. 어쩌다 보니 출간 계약을 작년 여름에 한 건, 올 초에 한 건 총 두 건을 했는데 진척된 것이 미미했다. 페이스북에 들어갔다 출판사 대표가 로그인되어 있으면 서둘러 도망치기 일쑤였다. 마음은 급한데 여름 방학은 속절없이 끝나갔다.

최적의 환경에서의 글쓰기

절호의 기회는 있었다. 아내가 처제와 함께 3박 4일 일정으로 일본 여행을 갔고 딸아이는 어느새 개학을 해 등교를 한 상태였다. 새벽에 딸아이를 깨워서 아침밥을 먹인 다음 학교에 데려다주고 밤에 다시 데려오는 것이 유일한 임무였다. 창밖을 내다보면 정원수가 보이는 우리 집 1층 아파트는 오로지 나의 차지였다. 거실 책상 위에 노트북과 참고해야 할 책이 얹어졌고 작년보다 인하된 전기 요금 덕분에 웬만큼 에어컨을 켜도 부담이 되지 않는다는 사실을 알게 되어 세상 부러울 것 없는 환경도 갖추어졌다.

눈이 피곤할 때면 살짝 고개만 돌려도 대추나무에 열린 대추가 보여 자연 친화적인 휴식을 취할 수 있었고, 베란다 창문을 열어 길고양이에게 먹이를 던져주기도 했다. 환경이 너무 쾌적하다 보니 또 나태해졌다. 낮에는 먹고 자고를 반복하다가 밤이 되면 어슬렁어슬렁 기어나가 운동을 하고 딸아이의 하교 시간에 맞춰 픽업해 집에 데려오면 어느새 잠이 들었다.

낮에 담당 편집자와 대화를 나눴는데 그분이 낭랑한 목소리로 말씀하셨다. "선생님, 지금 하고 계신 ○○출판사의 원고 마치면 우리 원고 써주실 거죠?" 미안한 감정이 쓰나미처럼 밀려왔고 정신이 번쩍 들었다. 하지만 방학은 딱 일주일 남았고, 에어컨을 켜면 추위를 타는 아내가 그날 밤에 귀가할 예정이었으며, 거실에 구축된 나의 글쓰기 환경은 철거될 운명이었다.

«

내가 쓴 책을 보관하지
않는 이유

모 인사에게 나의 전작인 『수집의 즐거움』(두리반, 2015)을 증정해야 할 일이 생겼다. 한심한 노릇인지 아닌지 모르겠지만, 그 책이 나에겐 없었다. 큰 방을 기형적으로 보일 만큼 온통 책으로 가득 채운 내가 정작 내 책을 가지고 있지 않았다. 다섯 권의 책을 냈는데 최근 작 『독서만담』만 구석에 몇 권 있었다.

할 수 없이 친구가 운영하는 동네 서점에 재고를 문의했더니 3년 전 출간된 책을 비치하고 있을 리 없었다. 별수 없이 인터넷 서점으로 주문했다. 다섯 권이면 그리 많은 수도 아닌데 왜 나는 내가 쓴 책을 소장하지 않을까? 근원적 이유는 무엇일까?

액운아 물렀거라

작은할아버지께서도 수필가셨다. 그분은 참 존경스럽게도 언제나 원고지와 펜을 가지고 다니셨다. 언제 어디서나 떠오르는 내용이 있으면 원고지를 메워나갔고 국어사전을 끼고 사셨다. 대구 지방의 수필 동인지에 글을 발표하셨는데 그걸 모아서 단행본으로 펴내기도 했다. 애당초 팔려고 낸 책은 아니고 팔릴 책도 아니었다. 제목이 『액운아 물렀거라』였는데 지금은 인터넷에서도 흔적을 찾아볼 수 없다.

그분으로 말하자면, 경성사범을 나와 25세에 교감 자리에, 27세에 교장 자리에 취임하셨다. 내가 코흘리개였을 때도 교장이셨고 장가를 갈 때도 교장이셨다. 당신의 아들이 서울대 경제학과에 들어가 일찍이 운동권에 투신했고 자의인지 타의인지는 모르겠으나 그에 대한 책임을 지고 교장직을 내려놓았다가 한참 뒤 복직하는 우여곡절도 겪으셨다.

평생 꽃길만 걷다가 아들이 수배되고 우리 집을 비롯한 온 친척 집에 형사들이 수시로 들락거리는 고초를 겪다 보니 여러 가지 회한이 드신 모양이었다. 『액운아 물렀거라』라는 제목 자체가 그분의 심경과 책의 내용을 말해준다. 당신께서는 우리 집에 들르실 때마다 원고지와 펜을 들고 오셨고 가실 때에는 늘 나의 장서 서너 권을 빌려 가셨다. 물론 책 애호가답게 반납하시는 법이 없었다.

당신의 서재에 가끔 갈 때마다 나도 탐나는 책이 있긴 했지만 감히 빌려달라는 부탁을 못 했다. 대신 당신의 저서는 온 집안에 배포 및 소장되었다. 그 책을 제대로 읽은 사람은 아마도 내가 유일하지 싶다. 당시 상주 지역 국회의원의 저서 『엄마가 없는 너의 천국엔』은 상주 시민임을, 『액운아 물렀거라』는 함양 박씨의 일원임을 알려주는 아이콘이었다.

당신의 서재엔 『액운아 물렀거라』가 수북이 쌓여 있었다. 추측건대 자비 출간의 형태가 아니었나 싶다. 타인의 책장이 아니라 자기 책장에 방치된 본인의 책이라니, 어린 시절이었지만 책을 낸다는 것이 확실히 돈이 되기는커녕 구차스러운 일이라는 생각이 들어 왠지 측은한 마음이 들었다. 수북이 쌓여 있는 할아버지의 저서는 글 쓰는 사람의 비애가 무엇인지 제대로 보여준 것이다. 그래서인 듯하다. 내가 내 책을 굳이 소장하지 않는 이유가.

내가 쓴 책을 내 서재에 쌓아둔다면 그 책들을 볼 때마다 나의 '무명'을 느껴야 할 것 같았다. 나의 패배를 되새기게 될 것 같다. 한국 시리즈에서 패한 2등 팀이 우승 팀의 시상식에 참가하는 기분이 딱 그렇지 않을까.

책을 무려 '구매' 해주는 집안사람들

1년에 한 번 동인지가 나올 때마다 할아버지께서는 집안 식구들에게 배급하셨다. 오타가 난 것은 볼펜으로 일삼아 수정해서 주셨다. 자랑은 아니지만 나나 되니까 할아버지가 쓴 꼭지라도 읽었지 집안사람 누구도 그 책을 유심히 읽지 않았다. 우리 집안사람들이 참 기특한 것이 수십 년간 공짜로 책을 꼬박꼬박 무료로 배급받았으면서 정작 내 책이 나왔을 때 너도나도 네가 쓴 책이라면 돈을 주고 사야지라는 생각으로 앞다투어 '구매'를 했다. 그간의 경험으로 집안사람이 낸 책은 돈을 주고 사는 것이 아니라는 인식이 정착되었을 법도 한데 말이다. 물론 새 책을 거듭 출간할수록 그 구매 정신은 희미해졌고 사촌은 『독서만담』의 출간 소식을 내 페이스북에서 접하고도 조용히 '좋아요'만 누르고 사라졌다. 책이 출간되어도 집안사람들에게 배급하지도, 알리지도 않기에 딸아이는 며칠 전 서점에 갔다가 서점 주인에게 내가 『독서만담』을 냈다는 사실을 들었다.

곰곰 생각해보면 할아버지의 정성이 존경스럽다. 매년 새 동인지가 나올 때마다 일일이 집안사람들을 찾아다니며 나눠주신 정성과 열의는 자존심을 지키며 비애감에 젖지 않으려는 나와는 사뭇 다르다.

『액운아 물렀거라』에는 우리 아버지와의 일화도 등장하는데 나는 이 부분을 읽고 또 읽었다. 아버지와의 대화도 추억도 없는 경상도 사내에게 아버지의 흔적을 기록으로 남겨준 할아버지가 얼마나 고마운지 모르겠다. 내가 소중히 간직하는 도서 목록 중 『액운아 물렀거라』가 있는 것은 당연하다.

처음으로 내 책을 소장하기로 하다

네 번째 책『수집의 즐거움』의 초판이 거의 소진되어 가고 있지 만 출판사는 아마 2쇄를 찍지 않을 것 같다. 내 책을 소장하지 않 겠다는 그간의 신념을 깨고 최후의 10부는 내 몫으로 남겨달라 고 부탁했다. 말하자면 절판본 수집가인 내가 내 책을 수집하게 된 것이다. 아무리 생각해봐도 눈물이 앞을 가린다.

『오래된 새 책』이 비록 절판본과 희귀본 수집을 다룬 선구자 적 책인 듯 인식되어 언론의 주목을 받았지만 사실 헌책 수집업 계에서 전설의 책은 조희봉의『전작주의자의 꿈』(함께읽는책, 2003)이다. 이 책을 통해서 헌책에 관심을 기울이게 되었고 희귀 본 수집가로서의 꿈을 키웠더랬다. 조희봉 선생은 절판본, 희귀 본 수집가의 선구자답게 자신의 책이 절판본이 되는 비애를 먼 저 맛보셨고 나도 그 양반의 뒤를 이어갈 모양이다.

독서 방해꾼

내가 분명 '책바보'이며, 작가라고 불리기는 하지만 모든 책이 나의 마음을 사로잡지는 못한다. 그러다 오랜만에 집중하게 되는 책을 만났다. 나는 그 책을 선비처럼 허리를 펴고 읽었다. 야구 중계를 볼 때 응원하는 팀이 큰 점수 차이로 이기거나 지고 있을 때는 성의 없이 딴짓을 하면서 보다가 점수가 박빙이 되면 '각을 잡고' 보는 것과 같은 이치였다. 매 문장이 주옥같아서 하나라도 놓치기 싫은 책을 읽을 때면 나는 이렇게 정자세로 읽는다.

얼마나 시간이 지났을까? 문득 인기척이 느껴져서 고개를 돌렸더니 마침 우리 집에 놀러온 지인이 옆으로 다가왔다. 무슨 책을 읽길래 이 시끄러운 곳에서 그토록 집중해서 읽느냐고 감탄한다. 방해꾼이 생겨서 성가시겠다는 불길한 생각이 들긴 했지만 여느 때처럼 금방 자기 일을 하느라 자리를 떠날 것이라 생각했다. 착각이었다.

뜻밖에도 그 지인이 내게 다가온 이유, 즉 그 사람이 정작 나한테 하고 싶은 이야기를 꺼내기 시작했다. 휴가 기간에 인도를 9박 10일 동안 여행하고 왔단다. 그 소릴 듣고는 이 사람이 곧 가리라는 기대를 접어야 했다. 이분으로 말할 것 같으면 동네 길을 가다가 1초 동안 본 풍경 하나를 두고도 한 시간을 이야기할 수 있는 능력자였다. 하물며 9박 10일 인도 여행이라니, 오죽 할 말이 많겠는가.

나는 이 양반이 어디에 있든 신경을 쓰지 않기로 하고 내 하던 일에만 집중하기로 했다. 즉 책 내용만 생각하기로 했다. 고개는 그를 향한 채 영혼은 온통 읽다 만 책에 머물러 있었다. 인도 여행기는 끝없이 이어졌다. 이 여행기를 옮겨 적기만 해도 인도의 지리, 문화, 정치, 경제에 관한 저서 한 권이 완성될 것 같았다. 이쯤 되면 펼친 채로 쥐고 있던 책을 접고 그의 이야기에 집중해야 하는데 그럴 수가 없었다. 몹시도 어서 읽던 책으로 돌아가고 싶었다.

인도 여행기를 들려주는 그의 시선이 간혹 내가 들고 있는 책으로 향할 때면 흠칫 놀랐다. 가능한 이 수다스러운 인도 여행가가 제목을 보지 못하는 방향으로 책을 들고 있자니 손가락과 손목이 아프기까지 했다. 나는 자세를 바꾸었다. 이 양반이 여행기를 빨리 마치도록 연신 마무리 멘트를 선사했고, 시선을 컴퓨터 모니터 쪽으로 자꾸 돌림으로써 해야 할 일이 있다는 암시를 성실하게 보냈다.

　노력은 헛되지 않았다. 마침내 그의 기나긴 여행기가 끝이 났다. 나는 인도 여행가가 내 책 제목을 볼 수 없는 거리까지 멀어진 것을 확인한 다음 긴 한숨을 내쉬면서 읽던 책을 덮고 책상에 내려놓았다. 느긋하게 커피 한 잔을 마시고 『내기 골프에서 돈 따는 법』(묵현상, 매일경제신문사, 2004)을 다시 읽기 시작했다.

비인기 작가가
강연 요청을 받는 자세

자기 이름으로 책을 낸다고 해서 갑자기 제 세상이 달라지는 않는다. 출간한 책이 천운을 만나 베스트셀러가 된다면 모를까 일상은 성실하게 흐르고, 작가 역시 그 일상의 성실한 부속물로 살아갈 뿐이다. 그렇다 해서 전혀 변화가 없지는 않다. 아니, 알게 모르게 많은 변화가 생기는 게 사실이기는 하다. 그중 특기할 만한 변화를 꼽자면 바로 강연 요청이다. 독서 인구가 현격히 줄고는 있다지만, 출간되는 책이 늘어갈수록 강연 요청도 늘어간다.

내가 이러려고 저자가 되었느냐는 자괴감

『수집의 즐거움』을 펴내고 얼마 뒤 출판사에서 연락을 받았다. 지역 도서관에서 '저자 대담'을 하고 싶다는 연락이 왔다는 것. 내가 아무리 네 권을 말아먹고 다섯 번째 책도 '몰락'의 길을 걷고 있는 비인기 작가지만 촌 동네 도서관에서 강연 섭외가 왔다는 말에 감격을 하지는 않았다. 도서관 담당자와 그 일에 대해 협의하는 것보다 일과를 마치고 숙소에서 세상에서 가장 편한 자세로 티브이를 시청하는 쪽이 더 좋겠다 싶었다. 전화번호를 알려주어도 되겠느냐는 출판사 담당자의 질문에 나는 전국의 대출 중개업자가 다 아는 내 전화번호가 뭔 대수냐 싶어서 일단 알려주라고는 했다. 1분 후 벨이 울렸다. 벽에 기댄 채로 이불을 뒤집어 쓴 상태에서 전화를 받았다.

도서관에서 저자 대담을 하고 싶다는데 뭘 어떻게 하는지 별로 궁금하지도 않았다. 시간을 낼 수 있겠냐는 담당자의 질문에 "글쎄요, 제가 학교에서 근무해서 시간을 내기가 좀 힘드네요"라고 대답했다. 이어서 "저녁에야 시간이 되는데요"라고 첨언했다. 계속 책을 말아먹다 보니, 또한 '내가 이러려고 저자를 했느냐는 자괴감'에 종일 시달리다 보니 만사가 귀찮기도 했다. 아무도 모르겠지만 절필 선언을 할까, 페북질을 접을까 별의별 생각을 다 하는 즈음이었다.

작가를 꼼짝 못 하게 하는 강연 요청의 조건

시큰둥한 내 반응에 담당자는 신의 한 칼을 휘둘렀다. 한 시간 동안 강연한 다음 30분간 질의 응답 시간을 보내면 강의료만 50만 원 줄 것이며, 파워포인트로 원고를 작성하면 더 높은 고료를 별도로 지급하겠다고. 한술 더 떠 저자 사인회를 하면 내 책도 사주시겠단다.

나는 당장에 이불을 걷어차고 부동자세로 전화를 받기 시작했다. 강연이 6월이라고 하길래 '좀 더 빨리할 수 없느냐'는 건의를 드렸다. 방금 전에 시간을 내기가 곤란하다고 말한 것은 3월에 라디오 출연이 세 건이나 예정되어 있어서 그런 것이고 4월부터는 연가를 내서 가면 되니 상관이 없다고 말했다. 시건방지게 응대를 한 나의 잘못을 진심으로 사죄하였다.

저자 서명 연습을 시작했다.

"

라디오 방송 출연,
웃길 준비는 했는데

책을 내는 작가가 되고 나면 저자 강연 외에도 특기할 만한 변화 하나가 또 생긴다. 바로 방송 출연이다. 『독서만담』을 낸 계기로 라디오 방송에 출연했다. 섭외를 받고 출연료가 나오는지 궁금해 방송 출연이 잦은 지인에게 확인했다. 나는 프로 작가이니까 비용 문제를 확실히 하는 건 당연한 순서 아닌가. 사실을 확인한 뒤에는 라디오 작가님이 미리 준 질문지에 답안을 작성했다. 온종일 연구해서 내 책의 콘셉트에 맞는 유머 코드를 대폭 장착했다. 예행 연습도 했다. 교사 일을 하면서 공개 수업을 많이 해본 경험이 있으니 방송쯤이야 잘할 수 있다고 확신했다.

작가는 각본을 원한다

완벽한 방송을 위해서 서울에 일찍 도착한 다음 아지트인 출판사 사무실에서 리허설하기로 했다. 나의 계획은 물거품이 되었다. 출판사 사무실에서 직원들과 만담을 주고받느라 모범 답안지를 확인할 틈도 없이 방송국으로 출발해야 했다. 출판사 관계자와 직원이 고맙게도 로드매니저 역할을 해주었다. 어린 시절 숫기가 없어서 동네 이발관에도 혼자 가지 못한 나를 데려가주고 기다려주셨던 아버지가 생각났다.

나는 방송국에서 만난 연기자들에게 눈길조차 주지 않았다. 나도 엄연히 방송 출연자니까 말이다. 라디오 스튜디오이지만 규모가 제법 웅장해서 놀랐다. 피디님과 작가님이 마치 오랜 친구를 만난 듯 편안하게 맞아주어서 낯선 곳이라는 생각이 들지 않았다. 사회를 보는 분과 인사를 주고받은 다음 착석을 했다. 피디와 작가분은 나를 프로 출연자라고 인정했는지 특별히 사전 교육이 없었다.

그분들의 기대에 걸맞게 고정 출연자처럼 여유 있게 커피를 들고 마이크 앞에 앉았다. 사회자분은 대본을 충실히 읽는 것으로 방송을 시작했다. 나도 작성해온 모범 답안을 말하면 될 일이었다. 방송이란 거 별게 아니라는 생각이 들었다. 이참에 고정 출연 프로그램을 알아봐야 하는 것은 아닌지 의기양양해지기도 했다.

실전은 달랐다. 예상된 질문인데도 나의 발음은 새기 시작했고 나도 내가 무슨 말을 하는지 헛갈리기 시작했다. 옆에 누군가 다른 사람이 대신 말하는 기분이다. 간신히 첫 질문에 답변을 마쳤는데 진행자분이 질문지 순서를 무시하고 '랜덤하게' 물음을 던졌다.

나는 피의자가 되었고 진행자분은 검사가 되었다. 피의자는 모른다, 기억나지 않는다고 말하면 되는데 나는 그럴 수가 없었다. 질문 순서가 뒤죽박죽으로 쏟아지기 시작했고 나는 마음속으로 '진행자분 살려주세요'라고 외치고 있었다.

예정된 질문을 할 때는 원고만 보고 읽으시던 진행자분이 즉흥 질문을 던질 때는 나를 뚫어지게 응시하면서 진술을 요구하셨다. 밖에서는 큰소리치다가 검사실에 끌려가면 술술 불게 된다고 하던데 예상치 못한 질문에 머리가 공백이 되었다. 차라리 내가 지은 죄가 있어서 범죄의 진상이라도 술술 불면 좋겠다.

『독서만담』은 웃기는 책이다. 웃기고 싶은데 진행자분은 웃길 틈을 주지 않았다. 간신히 아내와의 '예송 논쟁' 사건을 이야기하면서 '아내가 차례 때 큰 대접에 송편을 담아 차례상에 올리자고 하던데 그러면 조상님들이 우르르 둘러앉아서 회식을 하라는 말이냐'고 했다는 말로 진행자분을 웃기는 데 성공한 것이 위안이라면 위안이었다.

기쁨도 잠시, 진행자분은 『독서만담』에 언급된 많은 책 중에서 하필이면 '존엄사'에 관한 책을 집중 공략하기 시작했다. 난 웃기러 왔는데 '죽음'에 대한 토론이 시작되었다. 아버님의 별세에 관해서 이야기해야 했고, 어머니 병환에 대해 의견을 제시해야 했다. 급기야 노인과 의료 복지에 관한 사회 비평적 의견을 개진해야 했다.

웃기고 싶었다. 나의 소망에도 불구하고 죽음과 노인의 복지에 대한 이야기를 주고받다 보니 내가 쓴 책이 '현대 사회와 노인 문제'는 아니었는지 착각하게 되었다. 진행자분이 교수님이라더니 내가 공부하지 않은 부분을 정확히 파악하신 듯했다. 그 질문에 대해서는 또 다른 내가 나타나서 무슨 말인지도 모를 답변을 했고, 나는 극기야 방청객처럼 그들의 말을 경청하게 되었다. 불굴의 의지로 '재미'를 추구한 나의 노력이 얼마나 발휘되었는지 헤아릴 만한 정신이 없다.

방송은 끝났다. 나는 골프 라운딩에서 티샷이 연못으로 빠졌고 다시 한번 기회를 달라고 캐디에게 애원하는 심정이 되었는데, 아쉽게도 모두 "그만하면 충분하다"고 하셨다. 워낙 노련한 분들이니 그 말이 사실이겠거니 위로 삼았다. '편집의 힘'도 의지가 되었다. 한 모금도 마시지 못한 커피잔을 들고 스튜디오 밖

으로 나왔다. 내 신통치 않은 발음이 걱정된다 말씀드렸더니 "시청자 모두가 내가 경상도 사람임을 충분히 인식했을 터이므로" 이 역시 그만하면 충분하단다.

스튜디오에서 마시지 못한 커피를 냉수 마시듯이 원샷을 하고 주섬주섬 짐을 챙겼다. 출연료를 지급받기 위한 인적 사항을 기재하는데 계좌 번호는 특별히 심혈을 기울여서 또박또박 적었다. 다음 차례의 작가 한 분이 스튜디오로 입장했다. 그분에게 부디 신의 가호가 있기를 바랐다.

라디오 방송에
또 출연하긴 했는데

『독서만담』을 내고 두 번째 라디오 프로그램에 출연했다. 사람은 학습의 동물 아닌가. 지난번 예상 질문지를 무시한 송곳 질문에 진땀을 흘린 경험을 토대로 이번엔 작가 선생에게 '대본대로' 가자고 요구했고 흔쾌히 허락을 받았다. "우린 거의 대본대로 갑니다"라는 작가분의 답변을 듣고 안심이 되었다. 기차를 타고 서울에 도착했고 이 나이 먹도록 여의도에만 있는 줄 알았던 방송국이 상암에도 있다는 사실을 알고 신기해하면서 택시를 탔다.

약속된 시간이 10분 앞으로 다가오자 지금껏 유유자적하듯이 문자로만 연락을 주고받던 작가분이 다급한 목소리로 전화를 걸어왔다. 역시 방송국 직원들에게 '약속 시간'은 금인 모양이었다. 아무리 촌놈이라도 방송국 정도는 제대로 찾아갈 자신이 있다면서 작가분을 안심시켰고 마침내 내 눈앞에는 방송국처럼 생긴 건물이 보였다.

방송국 앞이라는 기사 양반의 말을 듣고 택시에서 내리자마자 당황하기 시작했다. 내가 사는 동네의 시청처럼 군계일학의 건물이 아닌 내로라하는 건물들이 꽉 차 있는데 가야 할 곳이 어딘지 도무지 알지 못했다. 내가 촌놈이라는 것을 익히 아는 작가분은 적절한 시기에 또 전화를 걸어왔다. '초록색 동상'이 세워진 곳 근처란다. 그 동상을 지나면 '물방울 조형물'이 보일 텐데 바로 그 뒤 건물이 바로 내가 갈 곳이라는 것.

문제의 초록색 동상은 쉽게 찾았다. '물방울 조형물'이 보이지 않았다. 물방울이라고 하길래 빗물을 생각했다. 빗물만 한 크기의 물방울이 마치 보석처럼 엮여 있는 조형물을 상상했는데 아무리 둘러보아도 보이지 않았다. 입안이 타들어가기 시작했다. 그 순간 눈앞에 웬 집채만 한 조형물이 보이긴 했다. 물방울이라고 하기엔 너무 커서 뒤로 물러서서 그 괴물체를 다시 보았다. 어찌 보면 물방울처럼 생기긴 했다. 작가분은 이렇게 말씀하셔야 했다. '물방울처럼 생겼는데 집채만 한 크기예요'라고.

경상도 억양으로 자기 책을 낭독한다는 것

다행히 방송 작가 선생은 나를 발견했고 스튜디오로 향했다. 푸근한 아저씨 스타일인 진행자분을 보니 도저히 대본에도 없는 질문을 할 것 같지 않았다. 『독서만담』을 꺼내시는데 물을 쏟아서인지 책 표지가 뻥튀기처럼 불어 있었다. 너무 열심히 읽다 물을 쏟았다는데, 책을 열심히 보는 것과 물을 쏟는 행위의 상관관계가 선뜻 연결되지는 않았지만, 분명 내 책을 꼼꼼히 보신 것은 확실했다.

내가 책 수집가라는 것을 알고선 본인이 너무나 아껴서 '집 밖으로 절대 가지고 나오지 않는 희귀본'을 노란 봉투에 서너 권 넣어 오셨다. 자연스럽게 "뭘 또 이런 걸"이라며 그 책들을 내 가방에 넣으려고 지퍼를 열려는 순간 똑똑한 작가분은 나를 대신해 적절한 질문을 던지셨다. "와, 이 책을 박균호 선생님에게 선물하시는 거예요?" 진행자분은 단호했다. "그냥 구경만 시켜드릴" 것이란다. 하마터면 실수할 뻔했다.

황순원의 『카인의 후예』 초판본을 비롯한 여러 권을 보여주셨다. 나는 애써 '진귀한' 물건을 보는 시늉을 했다. 녹음이 시작되었다. "우린 대본대로 해요"라는 말을 듣고 왔는데 첫 질문부터 '우리도 대본대로 하지 않아요' 식이었다. 억만 금을 남기는 부모의 유언보다 더 집중해서 진행자분의 질문을 들었다.

예상 질문지에 맞춰서 생각해둔 주옥같은 멘트를 하나도 하지 못해서 분했다. 심지어 책 내용의 일부를 나더러 낭독하라고까지 했다. 군대 시절 말고는 경상도를 벗어나 살아본 적이 없는 사람이 구사하는 사투리 억양으로 더듬더듬 읽기 시작했다. 확실히 글을 쓰고 나면 낭독해봐야 한다는 선현들의 가르침은 옳고도 옳았다. 글이 얼마나 지저분하고 너저분한지 읽다가 숨넘어가는 줄 알았다.

권투라면 수건을 던지고 싶었고, 야구라면 패전 처리 전문 투수를 올릴 터였다. 당황하고 창피해서 차마 스튜디오 밖에 있는 피디 양반의 얼굴도 못 쳐다봤다. 방송국 물을 한두 해 먹은 것도 아니어서 창백해진 내 얼굴을 보면 딱 견적이 나올 텐데 녹음은 계속 이어졌다. 듣기로는 녹음이라 "언제든 끊어 갈 수 있다고" 했는데 내가 그로기 상태가 되었는데도 좀체 끊지 않았다.

치욕스러운 시간은 끝이 났다. 고통의 시간이 다가왔다. 저자 서명을 해달란다. 붕괴한 정신을 간신히 일으켜 세워 서명하는데 영국에서 박사 학위를 받았다는 진행자분이 말을 걸었다. 이건 마치 뇌 수술을 하는 의사에게 중국집 전화번호를 알려달라는 것과 진배없었다. 대답하지 않았다. 서명하기에도 너무나 힘든데 진행자가 던지는 방송 시간 외 질문에 대답할 여력 따위는 없었다.

방송 작가분은 나의 책을 진심으로 좋아하는 것 같아서 위로가 되었다. 촌놈의 안위가 걱정되었는지 작가분은 방송국 밖까지 배웅해주었고 진심으로 고마움을 표시했다. 참으로 훌륭한 분이다. 본인이 맡은 다른 프로그램에도 『독서만담』을 소개하시겠단다.

어차피 예상 질문은 안 하겠지

다음 날 저녁 세 번째 라디오 출연이 이어졌다. 지역 프로그램이라 편안했고 예상 질문지 따위는 주지 않았다. 이미 두 번 농락당한 나는 질문지를 받았다고 해도 연습할 생각이 없었다. 어차피 질문지와는 상관없는 물음이 쏟아질 게 뻔했기 때문이다. 절대로 속지 않으리라고 다짐했으니 이번엔 속을 일이 없었다. 원래 사전 질문지를 주지 않고 그냥 편안하게 대화를 하는 식으로 진행하는 프로그램이란다.

진행자분은 과연 편안하게 대화하듯이 인터뷰를 이어나갔다. 저번처럼 속지 않았으니 분노도 없었고 그래서인지 지난 두 번의 방송보다 훨씬 더 인터뷰에 잘 응했다고 자평할 만했다. 뿌듯한 마음으로 자리에서 일어나려는 순간 작가분은 "어쩌면 이게 제일 어려울 수 있어요"라며 한 가지 미션을 주셨다. 일일 디제이가 되어 노래 한 곡을 선택해 동네 주민들에게 '추천의 변'을 남겨달라신다.

"안녕하세요? 포항 시민 여러분, 일일 디제이 박균호입니다.

제가 들려드릴 곡은 국카스텐의 〈나비〉입니다. 평소 아내가 좋아하는 곡이에요. 저와 함께 국카스텐의 〈나비〉를 들어보아요" 라는 말을 뱉어낸 나는 거의 구토할 지경에 이르렀다.

역시 다정하고 내 책을 진심으로 좋아해준 진행자분의 배웅을 받고 저녁을 먹으러 갔다. 방송 후유증은 심각했다. 혀끝만 닿아도 아플 만큼 큰 치통을 안겨주고 있던 오른쪽 어금니로 삼겹살을 씹어버렸고, 스트레스 해소 차 갔던 골프 연습장에서는 공을 맞추고 싶었으나 허공만 세 번 가른 다음 아픈 허리를 부여잡고 숙소로 향했다.

저자 사인본 따위

방송인 김미화 선생은 어린 시절 배꼽 도둑이었고 지금은 깨어 있는 시민으로 내가 존경하는 분이다. 서울에 가는 김에 그분께 드릴 『독서만담』에 서명을 했다. 몇 음절 쓰는 동안 땀을 비 오듯 흘렸다.

　말이 나와서 하는 말인데 나는 끔찍한 악필의 소유자다. 자필로 서명하는 것을 책 한 권 내는 것만큼 힘들어한다. 작가가 되고 나를 가장 곤혹스럽게 하는 일은 이 자필 서명이었다. 신언서판이 확실히 맞는 말인 것이 나의 성품은 나의 필체를 닮았다. 어쩌다 이렇게 악필이 되었을까?

악필 저자에게 자필 서명이란

나는 성격이 급하고 꼼꼼하지 못하다. 초등학교 시절 담임선생님께서 부모님께 드렸다는 말씀이 아직도 기억이 생생하다. "균호는 뭐든지 제일 일찍 끝내요." 공성면 인창1리의 이장이시자 무려 공서국민학교 학력관리위원장님이셨던 아버님께 잔뜩 예의를 차려서 완곡하게 표현하신 말씀이다. 한마디로 뭘 시키면 대충 하고 논다는 말이다.

악필이라고 다 같은 악필이 아니다. 악필도 일관성이 있으면 개성 있는 필체인데 나의 경우는 그렇지도 못하다. 언젠가 내 필체를 보고 직장 동료의 일성이 이랬다. "발가락으로 써도 네 글씨보단 낫겠다."

그래도 책을 쓴 사람이라고 자필 서명을 부탁받으면 겨드랑이에 땀이 샘솟는다. 단 몇 줄 적을 뿐인데도 담임선생님 앞에서 외우지 못하는 구구단을 겨우겨우 읊는 심정이 된다. 심혈을 기울여서 적어주었는데 피식 웃으면서 "선생님 글씨는 잘 못 쓰시네요"라고 면전에서 말한 사람이 정확히 세 명이나 있었다. 적확한 사실이라 원망은 하지 않는다.

이렇게는 살 수 없다

집에 혼자 있을 땐 연습장에 미리 적어보기도 한다. 안동 양반이 연습 삼아 제사를 미리 지내보는 식이다. 혹여나 사인본을 사진으로 찍어 SNS에 인증하면 어쩌나 전전긍긍하고 그게 현실화되면 어디론가 사라지고 싶다. 심지어는 인증 사진을 내 SNS 계정에 태그한 사람이 있었는데 미안하지만 나는 그 게시물을 삭제했다.

연습하고 적어도 글자를 잘 못 적는 경우도 허다하다. 문구를 적을라치면 머릿속이 하얗게 되어서 철자가 생각나지 않을 때도 있다. 이것이 연습장에 적어놓고 옮겨 적는 이유다. 믿지 못하겠지만, 증정 문구를 잘 못 적어서 그 쪽을 찢어버리고 다음 쪽에 적는 경우도 많다. 처음에는 그렇게 한 쪽이 찢긴 책은 폐기했는데 요즘은 아까워서 그냥 흔적을 없앤 뒤 다음 쪽에 적는다. 최근엔 한 독자에게 그런 식으로 서명본을 보낸 적이 있다. 우연히 그 사람과 대화를 나누는데 궁금한 것이 있단다. 찢어버린 페이지에 무슨 말을 적었느냐는 것이다. 아마도 다른 말을 적었다가 마음에 들지 않아서 찢어버리고 새로 적었다고 생각한 모양이었다.

여기서 또 대충 하는 버릇이 발휘되어서 찢어버린 쪽의 흔적을 완벽하게 처리하지 못한 것이다. 그 독자의 질문을 받고 머릿속이 또 하얘졌다. 제발 다른 말을 적었다가 새로 적었다면 얼마나 좋았을까. 그 독자를 허무하게 만들지언정 없는 말을 지어낼 수는 없었다.

이렇게는 살 수 없겠다 싶어서 대안을 생각해봤다. 장서표의 대명사인 남궁산 선생에게 의뢰해서 제작한 내 장서표의 사본을 많이 만들어서 내지에 붙여주고 이름만 적어서 보내는 방식 말이다. 남궁산 선생이 완성된 판화 원본을 보내주실 때 복사해서 사용하라고 별도로 흑백 판화를 보내주셨다. 문제는 흑백 판화 원본을 어떻게 복사해야 하는지 모르겠다는 것. 펜글씨 학원에라도 다니든지, 저자 사인본 따위 없어지든지 해야 두 발 뻗고 잘 수 있을 것 같다.

한 남자와 책과의
다섯 번째 사랑

나는 문예반에서 하루 만에 쫓겨난 학생이었다. 초등학교 5학년 때 달리 잘하는 것도 없고 그나마 덜 움직여도 되는 곳 같아 문예 반을 선택했는데 담당 선생님께서는 내가 쓴 글을 보더니 넌 안 되겠다며 날 반품시킨 적도 있다. 나이를 먹어가도 달리 좋아하는 것은 없이 유일한 소일거리가 책 읽기인 삶을 살아갔다. 서른이 되도록 글쓰기와는 동떨어져 있었다.

인터넷 출현이 키운 작가

내 인생에서 가장 큰 영향을 미친 사회적 현상은 컴퓨터와 인터넷의 출현이다. 교사 일을 시작할 무렵 일선 학교에 컴퓨터가 보급되기 시작했고 나는 그 학교에서 손 글씨가 아닌 워드프로세서로 시험지 원안을 작성한 최초의 선생이 되었다. 다른 이유는 없었다. 워낙 악필이었기 때문이다. 그때쯤 인터넷 언론사가 탄생했다. 원고지에 글을 써서 해당 언론사에 우편으로 보내는 수고를 하지 않고 컴퓨터에서 곧바로 글을 보낼 수 있으며, 그중 한 언론사는 '모든 시민이 기자'라는 모토 아래 누구나 기사를 작성해 언론사에 송고할 수 있는 시스템으로 운영되었다. '귀차니즘'을 신봉하는 나에겐 최적이었다.

원고가 기사로 채택되지 않을 수도 있고, 비중이 적은 기사는 1,000원, 톱기사로 채택되어봐야 1만 원이 지급되는 환경에서 무려 260만 원가량의 원고료를 받았다. 그 언론사에서 수여하는 '올해의 기자상'을 나에게 주지 않으리란 사실에 탈퇴를 고려할 정도로 호황(?)을 누렸다. 지금도 그렇지만 당시 나의 글은 문예반에서 쫓겨난 시절과 별반 다르지 않았다. 인터넷 문명 초창기여서 나 같은 벌거숭이도 날뛸 수 있었다. 결과적으로는 인터넷은 훌륭한 글쓰기 연습장이 되었고 출간 제의를 받는 계기를 마련해주기도 했다.

한 출판사는 내게 '거꾸로 보는 위인'이란 기획을 제시했는데 아무리 생각해도 쓸 자신이 없었다. 내가 역사를 알면 얼마나 알겠느냐는 생각도 들고 자칫 후손이 나에게 소송이라도 걸면 어떡하느냐는 공포감도 들었다. 그 기획을 거절하는 대신 '내가 헌책과 희귀본을 좋아하고 수집하니 그 경험에 관한 글'을 쓰겠노라고 제의했다. 출판사 측은 수락했다. 출판사 사정으로 출간이 연기되다가 어렵게 2011년 가을에 나온 책이『오래된 새 책』
이다.

오래된 절판본이 새 책으로 재출간되기를 희망한다는 뜻으로
제목을 지었다. 아니 선택했다. 지금에야 밝히지만『오래된 새
책』은 서평가로 유명한 '로쟈' 님의 블로그에 있는 카테고리 이
름이다. 물론 그 카테고리도 절판되었다가 재출간된 책의 소식
을 전하는 코너다. 코너 이름을 책 제목으로 사용해도 되겠느냐
는 부탁에 로쟈 님은 "제가 그 말에 저작권을 가지고 있는 것도
아닌데"라며 흔쾌히 허락해주셨다. 새삼 고마운 일이다.

『오래된 새 책』은 언론의 주목을 받았다. 동아일보는 문화 면
톱뉴스로 내 책을 소개했고 공중파에서는 촬영 기사를 우리 집
으로 보내 취재해 갔다. 출간된 지 열흘 만에 출판사에서 연락이
왔다. 2쇄를 찍겠단다. 대뜸 오탈자를 수정해서 찍으라고 부탁
했는데 시간이 없다셨다. 2쇄를 찍자마자 책은 더 이상 팔리지
않았다. 짧았던 영광은 그렇게 사라졌다.

책 팔기의 어려움을 알게 되다

두 번째로 낸『아주 특별한 독서』는 신간이 언론에 소개되지 않
기도 한다는 사실을 알려주었다. 첫 책을 내고 하도 많은 언론사

에서 취재하고 소개가 되어서 책을 내면 원래 이런가 보다 했던 것이다. 읽을 만한 좋은 책을 추천해달라는 주변 사람들의 부탁에 대한 '답'으로 낸 책이다.《삼국지》나 '문학 전집'을 출판사별로 장단점을 분석한 것이 특징이라면 특징이겠다.

세 번째로 나온『그래도 명랑하라, 아저씨』는 나에게 '책 팔기의 어려움'을 더욱 가혹하게 알려주었다. 아내와 딸아이에게 치이는 40대 유부남의 비애를 재미나게 쓴 책인데 '재미'를 추구하는 내 글쓰기의 '원형'을 마련한 책이기도 하다. 나름대로 자신이 있어서 기존 책보다 더 나은 조건의 인세를 요구했는데 이를 수락하고 출간한 출판사에 체면을 제대로 구긴 책이 되었다.

저자라면 눈물 젖은 영업 정도는 해봐야

네 번째 책은『수집의 즐거움』이다. 피겨, 만화책, 카메라, 운동화, 연필 등의 물건을 수집하는 사람들을 찾아서 그들의 이야기를 기록한 책이다. 재미있고 유쾌한 작업이었지만 원고를 쓰면서 고통스러웠던 순간도 있었다. '음식쓰레기를 남기지 않는 모임'의 회장을 겸한 한 수집가분과 식사를 하면서 푸짐한 밥과 국 반찬을 모조리 먹어치워야 했고, 피겨 수집가의 소장품을 구경하기 위해서 사다리를 타고 3층 건물의 옥탑방에 올라가느라 고

소공포증에 시달려야 했다.

1인 출판사에서 낸 이 책의 영업 사원은 따로 없었다. 사원이 없는 사장과 저자인 나는 영업 사원으로 변신했다. 대외적 상황도 좋지 않았다. 언론 보도가 거의 없다시피 했기 때문이다. 사장은 사장대로 나는 나대로 모든 지인에게 책 구매를 강권했다. 내 여동생, 누나, 그뿐만 아니라 조카들의 코 묻은 돈까지 약탈했다. 지금도 생각하면 눈물이 나려고 하는 게, 고등학교 시절 짝사랑하던 여자에게도 한 권의 책을 선물한 것이 아니고 사달라고 부탁을 한 것이다. 출판사 사장도 여기에 차마 쓰지 못할 눈물겨운 노력을 했더랬다.

한 달 동안 온라인 오프라인 가리지 않고 영업을 했는데 어디 출판사 영업 사원으로 취직해도 되겠다는 생각마저 들었다. 출간된 지 2년이 다 돼가는 최근, 출판사 사장으로부터 초판이 거의 소진되어간다는 '보고'를 받았다.

또다시 눈물이 나려 했다. 우리 둘이서 정신없이 뛰어다니며 온종일 메신저를 달고 살았던 그때가 그리워졌다. 초판이 거의 다 팔린 것은 좋은 일인데 2쇄를 찍어야 할지 고민이란다. 절판본 수집가의 책이 절판되다니 코끝이 찡해지고 눈두덩이가 뜨거워졌다. 내가 내 책을 수집해야 하는 가혹한 현실이다.

책과 인생은 재미가 우선이다

다섯 번째 책이 『독서만담』이다. 책과 재미라는 내 인생의 화두를 담은 책이다. 워낙 내성적 성격이라 초등학교 시절부터 '점잖다'라는 칭찬 아닌 비아냥을 꼬리표로 삼은 나의 글이 코미디 프로그램보다 재미나다는 칭찬을 받을 때 의아하면서도 기뻤다. 일상이 무료하고 너무 진지하게 사는 사람들에게 웃음을 선사할 만한 책이다. 지하철이나 직장에서 이 책을 읽는 것은 권하지 않는다. 혼자 키득키득 웃다가 미친 사람으로 오해를 받을 수가 있다.

도서관 이용 분투기

책 수집가이자 책에 관한 책을 낸 나에게 서평 쓰기는 꼭 해야 할 일상에 가깝다. 어느 날, 무려 반년 동안이나 묵혀두었던 서평을 쓰기로 했다. 문제를 발견했다. 서평 쓸 책을 직장에 두고 온 것. 내 직장은 한 시간 50분간 쉼 없이 운전을 해야 하는 거리에 있다는 게 큰 문제였다. A4 용지보다 더 큰 판형에 600페이지에 달하는 이 거대한 책의 서평을 쓴답시고 최소 다섯 번 이상은 주말마다 집과 직장으로 들고 다녔다. 그랬는데 정작 서평을 쓰기로 결심하고 나니 그 책은 저 멀리에 있었다.

경제적인 독서를 향한 몸부림

한참을 고민하다 직장에 가서 그 책을 가져오기로 했다. 하지만 나도 생각하는 동물인지라 한 번 더 생각을 해보았다. 그 책을 가져오기 위해서 한 시간 50분 거리를 운전하는 것보다 5분 거리에 있는 동네 서점에서 구매하는 편이 훨씬 더 경제적이고 효율적이지 않겠는가! 장거리 운전을 하면서 생기는 시간, 비용, 몸의 피로함 문제 등을 고려할 때 모든 면에서 새 책을 사는 쪽이 경제적이라는 정답을 도출하기에 이르렀다. 수치로 환산하는 일에 재능이 제로에 가까운 나로서는 놀라운 판단력이었다. 여기서 끝이 아니었다. 사람인 나는 진보하는 동물이었다. 동네 서점에 가기 전 밥을 먹으면서 불현듯, 퍼뜩 이미 소장한 책을 서점에서 사는 것보다 5분 거리에 있는 시립 도서관에서 대출하는 편이 더 경제적이지 않겠는가! 나는 탁월한 내 판단력에 잠시 소름이 끼쳤다.

도서관으로 달려갔다. 대출하고 반납을 하는 것이 좀 번거롭겠지만 모처럼 내 세금으로 운영되는 공공 서비스를 효율적으로 이용한다는 뿌듯함을 느꼈다. 도서관 한구석에서 만신창이가 되었지만 서평 작성 시 참고하는 데에는 아무런 지장이 없는 나의 목표물을 발견했고 대출하기 위해서 창구로 갔다. 도서관 회원증과 책을 창구 직원에게 내밀었다.

직원은 대출하시려면 저쪽으로 가시라고 말했다. 의아했다. 그 직원이 가리키는 곳에는 쌀통처럼 생긴 큼직한 기계만 서 있었다. 나는 책을 빌리고 싶은데 그 일을 해줄 사람은 내게 사람이 없는 곳으로 가라 하니 이상할 수밖에. 이유는 모르겠으나 내가 뭘 잘못 알고 있다는 것은 인정해야 했다. 시키는 대로 직원이 지정한 장소에 갔는데 놀랍게도 그 기계는 책 대출 업무를 자신이 하겠다고 밝히고 있었다.

난데없는 도서 대출 기기의 출현

나처럼 바보가 많은 모양인지 웬 여성분이 내 옆으로 다가왔다. 빌리려는 책과 회원증을 그냥 기계에 올려놓으란다. 순간 나를 무시하는가 싶어 반발심이 들었다. 내가 아무리 촌놈이고 기계치이지만 세상에 책과 회원증을 그냥 올려놓기만 해도 그 쌀통이 대출 업무를 척척 알아서 할 리가 없다는 것쯤은 안다. 최소한 현금 지급기처럼 회원증을 구멍에 밀어 넣는 절차쯤은 거쳐야 가능하지 않겠는가. 여성분은 나의 고뇌를 아는지 모르는지 해맑은 표정으로 그냥 책과 회원증을 올려놓으라고 시켰다. 시키는 대로 하면 뭐라도 되겠지 싶어 올려놓았다.

　놀랍게도 그 기계는 대출 신청을 받아주겠다고 선언했다. 다만 비밀번호가 필요하단다. 떨리는 손으로 평소 자주 쓰는 숫자를 입력했는데 틀린 비밀번호라고 떴다. 재차 입력했는데 같은 결과였다. 세 번째 입력을 했을 때 마침내 그 기계는 제대로 입력을 했다고 칭찬을 해주었다. 그 순간 여성분은 안도의 한숨을 크게 내쉬면서 "와, 이제 됐어요" 했다. 뿐만 아니라 제 일처럼 기뻐해주고 축복해주었다.

만감이 교차했다. 책을 수집하는 데에 수단과 방법을 가리지 않고 열성적이었다. 온라인에 글을 쓰면서 책까지 냈는데, 읽고 싶은 책을 살 수 없었던 어린 시절의 지적 허기를 채워주었던 도서관이 이렇게 변하고 있는지 모르고 지냈다. 도서관이 없었다면 일찍이 세상에 그 많은 책이 있다는 사실을 내가 알 수 있었을까, 그 많은 책이 있다는 걸 몰랐다면 내가 책 수집가가 될 수 있었을까, 책을 수집하고 글을 쓰지 않았다면 내가 책을 내는 사람이 될 수 있었을까? 친절하기 그지없었던 도서 대출 도우미와 스마트한 기기 앞에서 잠시 할 말을 잃고 멍하니 서 있었다.